O escritor proibido

Orígenes Lessa

O escritor proibido

Estabelecimento do texto, apresentação e nota biográfica
Eliezer Moreira

Coordenação Editorial
André Seffrin

São Paulo
2016

© Condomínio dos Proprietários dos Direitos
Intelectuais de Orígenes Lessa
Direitos cedidos por Solombra – Agência Literária
(solombra@solombra.org)
3ª Edição, Global Editora, São Paulo 2016

    Jefferson L. Alves – diretor editorial
    Gustavo Henrique Tuna – editor assistente
    André Seffrin – coordenação editorial
    Eliezer Moreira – apresentação, estabelecimento
    de texto e nota biográfica
    Flávio Samuel – gerente de produção
    Flavia Baggio – assistente editorial e revisão
    Fernanda B. Bincoletto – revisão
    Tathiana A. Inocêncio – projeto gráfico
    Eduardo Okuno – capa
    © **Acervo Laeti Imagens/www.laeti.com.br** – foto da capa

Obra atualizada conforme o
NOVO ACORDO ORTOGRÁFICO DA LÍNGUA PORTUGUESA.

A Global Editora agradece à Solombra – Agência Literária pela
gentil cessão dos direitos de imagem de Orígenes Lessa.

**CIP-BRASIL. CATALOGAÇÃO NA PUBLICAÇÃO
SINDICATO NACIONAL DOS EDITORES DE LIVROS, RJ**

L632e
    Lessa, Orígenes, 1903-1986
      O escritor proibido / Orígenes Lessa; [coordenação André Seffrin; estabelecimento do texto, apresentação e nota biográfica Eliezer Moreira]. – [3. ed.] – São Paulo: Global, 2016.
      il.

    ISBN 978-85-260-2252-2

    1. Conto brasileiro. III. Título.

15-28880   CDD: 869.93
                                            CDU: 821.134.3(81)-3

Direitos Reservados

global editora e distribuidora ltda.
Rua Pirapitingui, 111 – Liberdade
CEP 01508-020 – São Paulo – SP
Tel.: (11) 3277-7999 – Fax: (11) 3277-8141
e-mail: global@globaleditora.com.br
www.globaleditora.com.br

Colabore com a produção científica e cultural.
Proibida a reprodução total ou parcial desta obra
sem a autorização do editor.

Nº de Catálogo: **3823**

O escritor Orígenes Lessa.

Sumário

Nota de apresentação – *Eliezer Moreira*   9

Resenha publicada no *Jornal do Commercio* do Rio de Janeiro,
em 19 de maio de 1929 – *Medeiros e Albuquerque*   11

Nota crítica publicada no *Jornal do Brasil* de 28 de agosto de 1929 –
João Ribeiro   15

O escritor proibido (de um jornal íntimo)   21

Amor pelo sistema métrico   26

O rapaz da baratinha verde   31

O homem cujos desejos se realizavam   36

Depois do amor   43

Amizade   47

No descer da encosta...   53

O meu futuro suicídio (Do jornal de um neurastênico)   58

A primeira tentação   64

História de todos os dias   69

A voz do subúrbio   73

Satanás e a deslealdade humana   81

Nota biográfica   89

Nota de apresentação

Marco inicial da fecunda carreira de Orígenes Lessa, *O escritor proibido* chega a esta terceira edição como um livro não apenas importante, mas decididamente histórico, seja da nossa literatura, seja da carreira do autor – e já podia ser assim considerado desde as edições anteriores.

A primeira edição foi histórica certamente por ter sido a de estreia de Orígenes Lessa. A segunda, por marcar o cinquentenário da primeira, com um oportuno prefácio de Genolino Amado. E esta, por reunir dois importantes textos da fortuna crítica do autor – ambos, por sinal, inéditos em livro até o momento: o primeiro deles é a resenha profética de recepção de *O escritor proibido* assinada por Medeiros e Albuquerque no *Jornal do Commercio* do Rio de Janeiro, em 1929, e o segundo, a íntegra da elogiosa nota crítica, curta e nem por isso menos fundamental, publicada no mesmo ano pelo *Jornal do Brasil*, de autoria de João Ribeiro. Além de Medeiros e Albuquerque e de João Ribeiro, Sud Mennucci (*O Estado de S. Paulo*), e Athanásio Torres (*A Gazeta*, São Paulo) foram outros importantes nomes da crítica de então a antever o talento do Orígenes Lessa de 26 anos, sua idade quando da publicação do livro que lhe abriu uma carreira de 60 anos de intensa produção.

Esta nova edição atualiza o texto do grande escritor naquilo que ainda restava – da edição anterior – em estrangeirismos comuns na época, aliás, bem poucos, e mostra ao leitor de hoje que o Orígenes Lessa do primeiro livro já trazia prontas todas as características do escritor que veio a ser, de um texto delicado pelo humor fino e pela agudeza na percepção dos sentimentos humanos.

Eliezer Moreira

Resenha publicada no *Jornal do Commercio* do Rio de Janeiro, em 19 de maio de 1929

O livro de Orígenes Lessa é uma ótima coleção de contos. Também ele é um humorista. Se vivesse na roça seria capaz de escrever *A doce filha do juiz*.

"O escritor proibido" é a história de um rapaz que escreve livros de grande audácia e imoralidade, mas é, na vida prática, um tímido.

Quando, um dia, o acaso o faz sentar-se ao lado de uma moça desembaraçada, excessivamente desembaraçada – é ela, depois de saber com surpresa de quem se trata, que investe contra ele procurando-o de todos os modos. E é ele quem se encolhe timidamente.

Em certa ocasião a moça diz:

– Como papai vai ficar horrorizado quando souber que lhe fui apresentada e que estivemos a sós! O senhor, na opinião dele, é um monstro, um indivíduo perigoso!

E, já da porta, com uma franqueza que me acabrunhou:

– E nem por isso, doutor!

É um caso corrente. Sabe-se bem que a maioria dos humoristas é de pessoas tristes, e que os tristes, os desalentados, os grandes pregadores da morte, são pessoas sadias e fortes, amando desesperadamente a vida.

Ninguém descreveu tão bem as muitas razões que temos para detestar a vida com *Schopenhauer*. Era, entretanto, um *bon vivant*, sadio e alegre.

Homens de letras põem frequentemente nos seus livros o que lhe falta, o que desejariam ser. Sentindo-se tímido, acanhado, fazia os seus heróis resolutos e audaciosos.

Petrarca, o puríssimo cantor de Laura, que pregava as delícias do amor platônico, teve de ser expulso da casa dela, porque, sem atender que era casada, quis, à força, obter dela favores de que todo o platonismo estava excluído.

A lição a tirar desses fatos é que ninguém deve procurar em um homem de letras os sentimentos que mais louva. Frequentemente os escritores exaltam o que lhes falta.

Orígenes Lessa é um observador agudo, irônico.

Às vezes faz observações muito finas e de uma nota delicada.

Ele nos conta, por exemplo, a história de um apaixonado que faz à sua querida um pedido de casamento. Ela recusa. Ele sai atordoado. Um automóvel o apanha e contunde, obrigando-o a acamar-se.

Imediatamente a querida se instala à sua cabeceira, dias e dias, como a mais solícita das enfermeiras. Afinal ele sarou, arribou.

Dias depois veio agradecer e despedir-se. Partia.

– Vai viajar?

– Sigo amanhã para o Norte...

– Sim? Por muito tempo?

– Definitivamente. Já liquidei todos os meus negócios e nada mais me resta no Rio. Levo até nomeação para um lugarejo da Paraíba.

– Mas parte assim, sem me ter dito nada?

– E que poderia lhe dizer, senão vir trazer-lhe as minhas despedidas?

Amália não respondeu. Tinha os olhos cheios d'água.

– Que tem, Maria Amália?

– Mas o nosso amor? Você não compreende quanto o amo, Ariovaldo?

Ariovaldo não podia mais compreender. Já era demasiado tarde. Muita gratidão, muita amizade, mas o amor morrera...

Algum sertanejo que assista a isso poderia cantar a trova popular:

Nem sempre se torna a achar
O que uma vez se perdeu
Quando eu quis, tu não quiseste
Hoje quem não quer – sou eu

É sempre interessante ver como o mesmo exemplo pode ser tratado de modo inteiramente diverso por diversos escritores.

Orígenes Lessa tem um conto intitulado "O homem cujos desejos se realizavam". Esse homem, que deveria ser um prodígio de felicidade, acabou profundamente infeliz, e teve de desistir do seu dom.

A fada que lho dera aconselhou-lhe por fim: "O único remédio é não desejares coisa alguma".

Wells tem um conto cuja ideia principal é exatamente esta. O seu herói também pode tudo quanto quer. Surpreendem-lhe, porém, as mesmas calamidades.

Assim, por exemplo, em uma noite de luar esplêndido, deseja que a lua ficasse imutável no céu. A sua ideia era a de gozar--lhe a claridade por muito tempo.

Desde, porém, que a lua ficou imóvel, a terra começou a dirigir-se para ela, a toda velocidade. Eis a inesperada, mas fatal consequência do desejo do homem.

Este acaba, como o homem de Orígenes Lessa, precisando desistir do seu dom.

Resumo e conclusão: um ótimo livro de contos, muito bem escrito, feito sobretudo de ironia e bom humor.

Medeiros e Albuquerque

Nota crítica publicada no *Jornal do Brasil* de 28 de agosto de 1929

O senhor Orígenes Lessa possui verdadeiros dotes de *conteur*. Faz pouca literatura nos seus contos; não se perde em arabescos nem em divagações supérfluas ou dispensáveis. Narra as suas histórias que são bem arquitetadas e sempre de modo a empolgar o leitor.

É um tanto pessimista e faz muito pouco da sociedade que frequenta, como bem o demonstra o primeiro conto, em que o escritor proibido por amoral e imoral desde logo verifica estar muito aquém da realidade das coisas.

E não é esta a única experiência que logra alcançar no estudo da sociedade.

Agrada-nos o seu humorismo, ou antes, a ironia discreta das situações dos pequenos dramas.

Ele como desenha a monotonia de uma longa vida conjugal:

Cheguei a casa. Eunice, eu venho cumprir um compromisso que assumimos anos atrás... Eu... eu já não te amo mais...

Ela ergue para mim os olhos negros e profundos:

– Eu também não.

E selamos com um beijo desesperado, imortal, a morte do nosso amor.

Ser-nos-ia impossível entre os contos de Orígenes Lessa distinguir os melhores, são todos bons e bem escritos.

Em breve, acreditamos, Orígenes Lessa, que é ainda jovem, alcançará o reconhecimento que se lhe deve já de *conteur* e romancista.

João Ribeiro

Para
Vicente Lessa Junior,
meu irmão e meu primeiro editor.

O
escritor
proibido

O escritor proibido
(de um jornal íntimo)

Sou um escritor proibido e amaldiçoado. Os graves pais de família estremecem quando veem na mão dos filhos inexperientes o *Desrespeitemos os nossos pais*, ou *O lar, escola de egoísmo e de maldade*. Não há excomunhões bastantes com que fulminem os padres o meu *Desafio ao Padre Eterno* e os meus *Hinos a Satã*. São, no pensar do público e da imprensa, a maior ameaça aos lares, a mais ignóbil afronta às nossas puras tradições, as minhas novelas amorais *Mulher da vida*, *O homem que não tinha pai*, *As duas virgindades*, que constituem a mais imunda calúnia à mulher e à família brasileira.

Entretanto, os meus livros se vendem, as minhas novelas são disputadas com uma voracidade incompreensível. E eu não me explico o problema. Ainda hoje cedo recebi proposta vantajosa do meu editor para a quinta edição de *Mulher da vida*, e para a sétima de *As duas virgindades*, e pus-me a pensar, quase atordoado, no caso. Mas os meus livros não são imorais? Não são imundos? Não são a vergonha da pátria? Dizem tudo isso. Estamos num país onde é mínima a parte da população que sabe ler. E os meus livros caluniosos e maus vão sendo vendidos...

Parecia-me inexplicável o fato. E já estava mesmo resolvido a escrever ao meu editor, aceitando-lhe a proposta, sem cogitar mais de tal, na certeza de enfrentar um problema insolúvel, quando ouço, fora, escada acima, a algazarra deliciosa de um grupo de moças que chegava. Estranhei a coisa. Que significaria aquilo? Era a primeira vez que via aparecer, nesta nossa modesta pensão de celibatários e boêmios, um rosto lindo de mulher... durante o dia. Elas aqui aparecem alta noite, pela mão do Lemos, do Floriano, subindo cuidadosamente as escadas, soprando *schius* tímidos, assustados, pelo pavor de despertar dona Maria que, se as descobrisse, as deitaria incontinente pela escada abaixo...

Entreabri a porta, para ver o contrabando. E só quando as vi aos beijos sobre a bondosa patroa, com parabéns e cumprimentos, acudiram-me à lembrança algumas referências ontem à mesa sobre o seu aniversário. Estava tudo explicado. Eram parentas e amiguinhas, que vinham participar do belo almoço prometido.

Recolhi-me de novo, terminei a carta começada, e, como a Paulina me viesse dizer à porta que a mesa estava pronta, preparei-me e dirigi-me para a sala.

A mesa tinha um aspecto inédito, que não vale a pena relembrar. Puseram-me ao lado de uma risonha criaturinha de olhos negros, vivos, braços roliços, tentação morena e irresistível.

Não houve apresentações. Dona Maria nos mostrou o gárrulo bando, já de posse de parte da mesa:

– Minhas sobrinhas.

E, apontando-nos a elas:

– Os meus pensionistas.

Era o que podia haver de mais sumário, indício também de não ser gente de cerimônia a que nos vinha alegrar o almoço.

Em poucos minutos eu e a minha gentil companheira estávamos camaradas. Ela me explicava que um Arnaldo, da Escola Militar, a que se referiam as suas companheiras com grandes gestos de admiração, era um primo seu, estroina incorrigível.

– Um pirata!

Um rapazelho, que eu ainda não notara, provavelmente da família, falava desembaraçado, satisfeito, via-se bem, de ter toda a liberdade em se dirigir a elas, ao passo que os outros ficavam tolhidos, deglutindo em silêncio uma extraordinária maionese.

Qualquer coisa invisível nos aproximava mais e mais. Ela perguntou jeitosamente o meu nome. Empalideci. E foi com a tentação de mentir, antevendo que o seu prato ainda cheio se viria partir contra os meus óculos que, tímido, murmurei o meu nome, João Arnaldo de Sade, baixando os olhos como um criminoso.

Perdera aquela amizade nascente!

– Arnaldo de Sade? O escritor? O romancista?

Confirmei, envergonhado.

– Oh! mas que grande honra para mim! Nunca imaginei que teria ocasião de o conhecer pessoalmente!

– Sim? – fiz eu, desapontado, sem compreender. Pois não era eu o maldito, o réprobo, a vergonha da família brasileira?

Ela não pareceu notar a minha estranheza. Seus olhos tinham um brilho novo, desconhecido. E senti que a sua perninha roliça, vestida por uma fina meia de seda, descansava suavemente contra a minha, comunicando-lhe um grato calor que o meu *palm-beach* leve não poderia neutralizar. Não nos foi possível falar, no correr da refeição, que durou séculos. Quanto mais eu me esquivava, tanto mais aquele corpinho pendia sobre o meu, num abandono escandaloso.

Afinal terminou o suplício. Dirigimo-nos ambos, sós, para a sala de visitas: estávamos livres. Poderíamos abrir-nos à vontade. Mas falei-lhe de coisas indiferentes, tomado de inexplicável mal-estar. Ela falava-me dos meus livros, insistia sobre eles, para me fazer ver que os lera todos, que os conhecia todos, pelo menos os meus dez romances, e que estava a par de todas as cenas escabrosas que lhes davam tanta popularidade, embora eu não visasse esse fim, quando traçara aquelas páginas.

– Há cada cena nos seus livros! – dizia-me, chegando o corpo, molemente.

Procurei desconversar. Falei-lhe do último encontro entre o Vasco e o Fluminense e tentei comentar a atuação de jogadores que só conhecia de nome e se misturavam no meu cérebro, sem que jamais conseguisse saber a que clube pertenciam.

Ela sorriu desdenhosamente:

– Eu não me interesso pelo futebol!

Lembrei-me de Ramon Novarro e Rodolpho Valentino. Aproximando-se mais, com uma súplica nos lábios, chamou-os de bonequinhos de engonço.

Estávamos juntos no divã. Éramos os únicos na sala. E, embora eu me acovardasse, encolhendo-me todo, como um colegial em férias que encontra na fazenda paterna uma prima levada, não tive remédio senão beijar, com imperícia que a ambos nos desapontou, os seus lábios carnudos. Ela tremia toda, os seios arfantes, entregue, vencida, com os olhos mortos de espasmo. Ficamos calados por momentos, sem compreender coisa alguma. Fora, da sala de jantar, vinham risadas e gritos femininos, que enchiam a casa. Disse-lhe que tomasse juízo. Podiam ver-nos. Ficaria feio para ela, que me olhava, entre incrédula e surpresa.

As vozes do interior se aproximavam. Respirei, aliviado.

– Vem aqui, Zildinha – gritou-lhe da porta uma lourinha de olhos castanhos. Vem aqui, Zildinha. Titia quer te dar um recado para Nonô.

Zildinha levantou-se, com uma naturalidade que me assombrou, como se nada tivesse passado. A lourinha desapareceu, dizendo ainda:

– Vem logo, não te demores.

– Já vou, Ceninha.

Voltou-se para mim, sorridente:

– Com licença, dr. Arnaldo, eu volto já.

Cravou brejeiramente os olhos em mim:

– Como papai vai ficar horrorizado quando souber que lhe fui apresentada e que estivemos a sós! O senhor, na opinião dele, é um monstro, um indivíduo perigoso!

E, já da porta, com uma franqueza que me acabrunhou:

– E nem por isso, doutor!

Amor pelo sistema métrico

José Vieira crescera de repente e ficara lá de cima, num grande espanto, a olhar desapontado para o resto do mundo. Parecia ter vergonha de estar tão alto, sobre o corpanzil desconjuntado, olhando para os bolsos imensos, onde não havia jeito de guardar as mãos. Tinha impressão de que toda a gente o mirava como raridade, como os elefantes de circo em viagem de reclame pelas ruas, a molecada atrás:

– Hoje tem espetáculo?

– Tem, sim-sinhô!

Provava um mal-estar invencível quando saía à rua e via todo o mundo bater-lhe pelos ombros, e sentia convergirem para a sua cabeça relativamente pequena, lá no fim do pescoço comprido, os olhares de todos. Angustiava-se com a ideia de que o seu paletó serviria de capa a qualquer de seus conterrâneos. E sentia um grande aperto quando olhava quase cara a cara os lampiões de gás que ainda restavam pelas ruas.

Por que havia crescido tanto? Ele sentia vertigens naquela altura, e quase chegava a tomar a sério a pergunta risonha de um amigo:

– A cabeça não escapará lá de cima?

Quando via o povinho mirrado que lhe sorria cheio de escárnio, tinha uma inveja sem nome daqueles seres mofinos que haviam ficado em um metro e sessenta, um metro e setenta, enquanto ele vencia rapidamente a sua quilometragem desabalada em busca do céu... Os outros tinham 40, 60 anos, e ainda estavam na mesma estaturazinha mediana, naquela *aurea mediocritas* do porte. Ele, Vieira, mal completara os dezoito, e já tinha duzentos centímetros de altura!

O seu coração também ficava no alto. Estava acima de um metro e oitenta do solo – poc! poc! poc! –, batendo com regularidade mecânica, e inteiramente absorvido na tarefa de suprir e renovar o sangue para aquela infinidade de rios e canais ramificados pelo corpaço interminável.

Afora o desgosto pelas suas dimensões, porém, José Vieira vivera sempre despreocupado, quase feliz. Não o apoquentavam as misérias fisiológicas dos seus semelhantes, as cólicas intestinais, os cálculos hepáticos, as cefalalgias, as dores e agonias dos outros. Tudo corria de tal maneira bem, passavam-lhe tão desapercebidas as suas revoluções orgânicas, que só dera pelo seu desapoderado crescimento nos últimos tempos.

Mas o seu coração, que até então pocpocara exemplarmente, sem precipitações nem angústias, bateu um dia apressado, rouco, descompassado, de improviso. É que passara diante dos seus olhos, agitando-lhe todo o organismo, uma coisinha minúscula, de pouco menos de um metro e cinquenta, coberta com sessenta centímetros de seda, adaptados às curvas, reentrâncias e saliências da sua superfície externa. Aquele metro e cinquenta de carne, com a sua leve cobertura de seda, chocara fundo a massa cinzenta que José Vieira conservava, muito pequenina, a dois metros do solo.

E José Vieira esqueceu pela primeira vez a desproporção das suas proporções e o constrangimento que lhe traziam em público as dimensões avantajadas do seu corpo. Pôs-se a seguir fascinado, cego, tropeçando no resto da humanidade, aquele metro e cinquenta de carne clara e roliça.

José Vieira tropeçou inutilmente durante dois quarteirões. Fez desabar com um encontrão inesperado os noventa quilos de honestidade de uma respeitável viúva quarentona, obrigou a piruetar com uma blasfêmia incontida os cinquenta quilos de carne e os vinte de calçado e roupas de um atleta, e abalroou inadvertido com um Ford, que rangeu nas junturas.

Os transeuntes encaravam-no com espanto redobrado, transidos diante daquela mola humana que varava o formigueiro do Triângulo, abalando, contundindo, desabando.

E só no terceiro quarteirão o metrinho e meio deu com os olhos nos dois metros apaixonados que a seguiam. Mediu-o de alto a baixo, com curiosidade, e foi descansar os olhinhos maliciosos com um sorriso complacente em um metro e sessenta e cinco de carne e vários quilos de calças que lhe andavam perto, com um gracejo vulgar na boca obscena.

José Vieira sentiu um grande abalo e o seu coração bateu violentamente contra as paredes que o prendiam. Mas nem por isso desistiu. Era superior às suas forças. Toda a sua vida estava sujeita de agora em diante àquela coisinha bonita com a sua cabeleira loura a apontar de sob o chapeuzinho parisiense, fabricado no Braz.

Viu-a tomar o bonde, seguiu-a. Viu-a descer do bonde, desceu. Viu-a entrar em casa, ficou de fora. Durante meia hora, alarmando a vizinhança, alvorotando os garotos, José Vieira passeou a sua altura descomunal pelo quarteirão apavorado. Punha os olhos nas janelas, na porta, no número da casa, no telhado, a ver se o metro e meio de mulher que seguira se resolvia a aparecer.

Afinal, cansou-se. Voltaria de noite. Voltaria sempre. E desde esse dia perdeu a paz. No arranha-céu do seu cérebro pulava e dançava e cabriolava o pedacinho de carne da sua alma. Seguiu-a sempre que pôde.

Uma tarde conseguiu esbarrar com ela, frente a frente. Era a melhor ocasião. Cumpria agir. E Vieira parou diante da moça, impedindo-lhe o trânsito. Ia falar-lhe. Ela, transida, lá da altura do seu estômago, elevou para o rapaz os olhos aparvalhados.

Que desejaria aquela criatura imensa? Que ideia atravessaria aquele cérebro encarapitado em tão grande altitude? Sentia um horror indescritível. Tinha a impressão de que aquele Adamastor improvisado fugira do hospício mais próximo, tal o congestionamento da face, o desvairado do olhar, os trejeitos estranhos.

Mas pouco a pouco foi serenando. Percebeu que o gigante era inofensivo. E chegou a ter pena do esforço desesperado que lia na sua fisionomia por dizer qualquer coisa.

Vieira, realmente, passava pelo momento mais angustioso da sua vida... Levado por um desses repentes passionais, tomara aquela resolução alucinada, de que logo se arrependera. E ficara ali plantado, indeciso, nervoso, trêmulo.

Um ou outro passante mais curioso detivera-se a apreciar aqueles dois seres fronteiriços, mas numa posição que seria arrojo dizer de cara a cara, tal a desproporção das alturas.

Afinal, quem tomou a iniciativa foi o metro e meio, que perguntou, procurando resolver a situação:

– Desejava alguma coisa?

Era tão serena a pergunta, tal a naturalidade, que José Vieira tomou ânimo:

– A senhora... já deve... já deve ter notado, não?

– Em quê?

– Que eu... que eu...

– Mas...

– Não notou?

– Não...

Vieira arregalou os olhos.

– Não notou? Não havia notado?

– Em quê? Não notei coisa alguma...

Parecia incrível. Seria possível que ele, daquele tamanho, tivesse passado desapercebido? Não! Não podia ser!

– Mas não havia notado em mim?

– Não – fez ela, quase sinceramente.

José Vieira sentiu um grande alívio.

Chegou a esquecer a paixão desesperada que o levara àquela cena semigrotesca. E numa grande alegria despediu-se, fazendo-lhe desaparecer numa das mãos a mãozinha minúscula, e dizendo, das profundas da alma:

– Obrigado, mocinha, muito obrigado!

E passou pela testa os quinhentos centímetros quadrados de mão, enxugando o suor que corria...

O rapaz da baratinha verde

Desde que a estrada Rio-São Paulo tocara no arraial, e dia e noite puseram-se a vará-lo os carros buzinantes, fonfonando alegremente, uma vida nova começara. Havia dois botequins novos, o Mingucio abrira um "Restaurante Rio-São Paulo, comidas à minuta, pode bater a qualquer hora", e o Quinzinho fora incumbido da bomba de gasolina, rubra e insólita, com a sua nota de pitoresco modernismo.

Agora já havia assunto! Ao pé do fogo já se tinha em que falar sem enumerar as traíras apanhadas no açude, os bagres visguentos, as eternas caçadas e as esperanças tristes de colheita, na terra sáfara e cansada.

A molecada do vilarejo, então, exultava. Mal apontavam na curva distante, com a tabuleta de zigue-zague embriagado, os dois olhos fulgurantes de automóvel, e uma febre os percorria. O fom-fom! era o toque de reunir. E de todos os cantos, das taperas esburacadas, dos quintais sem vida, acorriam garotos barrigudos, comedores de terra, com o chapéu em cone, já furado e sem fita, e o eterno dedo espetado no nariz...

– É Forde!

– É Chevrolete!

– Que Chevrolete, seu coió! Packarde! Ocê não vê?

E aquela multidão de nomes bárbaros ia sendo a pouco e pouco, inconscientemente, nacionalizada pelos pequenos do arraial.

O próprio vocabulário enriquecera. Todos tinham o seu cabedal de conhecimentos exóticos. Já os garotos falavam em radiador, câmbio, carroceria, e outras coisas estranhas ao próprio vigário, que sabia latim e absolvia pecados. Discutiam-se velocidades e, quando no alto do morro divisava-se ao longe um carro no vermelhão da estrada silenciosa, era um alvoroço nas disputas:

– Vem em segunda!

– Vem em terceira!

– Vem a sessenta!

– Vem a oitenta!

E se o auto distante vinha devagar, sem grande pressa, como quem não quer chegar onde há gente, a pequenada, com o dedo a esgravatar o nariz, sorria maliciosa:

– Ali vem coisa...

Luisinha, com os seus 15 anos e as suas olheiras melancólicas, morava duas casas adiante da bomba de gasolina. Quando um carro parava para receber energia, Luisinha punha na janela o rosto moreno e na janela dos olhos o rosto do automobilista. Gostava daqueles homens. Gente que sabia guiar, que tinha automóvel, que comia o espaço, e que num só dia podia ver o Rio e S. Paulo, o seu lindo sonho!

O carro em disparada, com o chofer de olhar enérgico, varrera na passagem todos os antigos ídolos da sua alma. Todos os povoadores do seu coraçãozinho ingênuo e bom haviam fugido à aproximação vertiginosa do automóvel. Pedro Malazarte, o ladino, Joãozinho e Maria, onças e coelhos falantes, e mesmo todo um rol de príncipes encantados, haviam desaparecido com pavor, ante a ideia de um atropelamento em plena estrada...

Os seus mitos e crenças primitivas haviam caído. E eram outros os termos de comparação, os seus padrões. Uma coisa rápida já não parecia um relâmpago:

– Era que nem um fordinho!

E se nhô pai zangava, seus olhos já não semelhavam os de uma onça acuada:

– Pior que lanterna de automóvel!

Mas o automóvel passava e quem vinha com ele era igualzinho a ele... Não tinha alma. O chofer descia, fazia um sinal ao Quinzinho.

– Vinte litros.

– Trinta litros.

Algumas vezes pedia uma informação.

– Guará fica longe?

– Será que chove?

Se o troco era pequeno, não recebia, com indiferença. Voltava ao carro, apertava a partida, e largava pela estrada.

E Luisinha, com os seus 15 anos e as suas olheiras melancólicas, ficava a ler, até perder de vista, a chapa do automóvel:

D.F. 8765

ou

S.P. 9848

Um dia houve um carro que parou mais tempo. Era uma linda baratinha verde. Precisava de uns reparos, e Quinzinho, que já entendia aquela trapalhada de manivelas, parafusos, óleos e rodinhas, pusera-se a trabalhar febrilmente.

No volante vinha um rapaz claro, de olhar agudo, de jeito altivo, com uma intenção má no lábio irônico. Enquanto se faziam os reparos, saíra do carro, a desenferrujar os músculos. Com a cabeça para trás, atirara os braços para o lado, pondo-se na ponta dos pés.

Ao voltar a si, dera com os olhos na curiosidade de Luisinha.

E gostara do tipo, francamente.

Luisinha sentiu-lhe a quentura do olhar insolente correndo--lhe o corpo, agitando-lhe o seio, pegando-lhe a carne. Num movimento instintivo, quase repelindo um contato, cobrira os seios, aveludados e redondos, mas, sentindo que ele se desinteressava, já vencida, deixou cair os braços inermes, numa renúncia. Tinha o coração aos pulos, o coração onde já não havia príncipes encantados, e o rijo seio intangido sentia um ardor de carícia.

Continuava naquela sensação de ser possuída, sob o olhar malvado e irresistível. Num dado momento, o rapaz, que a não deixava, de longe, ao passo que acompanhava o trabalho de Quinzinho, sorriu-lhe. Luisinha não se lembrou de sorrir. Ficou interdita. E quando quis, já o rapaz se voltara, a indagar do Quinzinho, que se despachara, o pagamento exigido.

Um segundo depois a baratinha partia. O rapaz do volante olhou-a, ainda, sorridente. Luisinha, de novo, não soube sorrir. Ao dobrar a curva, porém, voltando-se, ele disse-lhe adeus. E Luisinha, então, com os olhos cheios d'água, pôs-se a agitar desesperadamente os bracinhos morenos, num adeus perdido...

Desde então, o seu coração começara a palpitar pela *Klaxon* irreverente das estradas. Era toda alma para o motor cujo ruído se anunciava de longe. Mas os carros passavam, rasgando as distâncias e o seu pequenino coração. Muita vez despertara alta noite, com a buzina longínqua que se aproximava.

– Seria a baratinha verde?

E corria à janela. Mas, se às vezes o carro era igual, era sempre outro rapaz da baratinha verde... Às vezes era velho... De uma feita fora uma inglesa mais dura e mais masculina que um lutador de circo...

Luisinha definhava naquela esperança, naquele desespero.

– Por que não sorrira? A culpa era dela! Se tivesse sorrido...

E mordia o travesseiro, com ódio.

– Tola! Convencida! Quem sabe se eu queria que ele me viesse cair aos pés para sorrir?... Bem feito! E mordia os lábios, para não chorar.

E o tempo correra. Impiedoso e mau, como o automóvel. Debalde Luisinha esperava, surda aos protestos de Quinzinho, que a adorava e que cantarolava, triste, para a maltratar:

A baratinha, Iaiá,
A baratinha, Iôiô,
a baratinha
bateu asas e voou...

A baratinha não voltava. Nem o rapaz de olhar insólito. Mas Luisinha continuava a sentir-lhe a quentura do olhar correndo-lhe o corpo, afagando-lhe o seio, tocando-lhe a carne, e nunca soube perdoar-se de não ter sorrido...

O homem cujos desejos se realizavam

Só depois que a fada se retirou, Joe Barreira começou a compreender a extensão do privilégio recebido. Sim, tudo o que pensasse intensamente, com energia, tudo o que desejasse, teria objetivação imediata.

Era a concessão do maior dom, a dádiva suprema! Aquilo lhe permitia a felicidade de possuir, dominar e fazer mundos, quantos, como e quando quisesse. Nada mais lhe escapava, nada mais lhe fugiria. Não teria um desejo inútil. Não sofreria de novo as horas de tortura do passado, a sede, a fome do corpo e do espírito, que curtira até minutos antes.

A vida não seria para ele o que estava sendo ainda para o seu vizinho de quarto: de anseio, de aspiração, de desespero.

Eram palavras textuais da visão que lhe falara: "Tudo o que pensares intensamente – basta pensar –, se realizará". Se ele quisesse ouro, pensaria com força, com vontade, e o ouro lhe viria às mãos. Se quisesse um palácio, um iate, um carro de luxo, uma mulher, tê-los-ia, mal os desejasse!

Removeria montanhas, transformaria o mundo! Era a realização do que já prometera o Cristo aos discípulos. A eles, cumpria ter fé. A ele, bastaria desejar.

Mas seria verdade? Era lá possível? Ter mulheres, casas, mundos? Podia então abandonar o seu empreguinho na Ford, onde vivia atormentado pelo terror de uma dispensa?

Estava, então, livre do dever maldito de acordar cedo, fazer a barba às carreiras, tomar um banho chorado num chuveiro seco, e apanhar um ônibus repleto, blasfemando contra a despesa forçada, para não perder a hora?

Era difícil crer. Felizmente a fada fora mais generosa que Cristo. Não era preciso ter fé. Bastaria pensar. Pensar...

E se fizesse uma tentativa? Correu a olhar pelo quarto modesto. Sobre a toalete, um litro quase vazio de água de colônia. Pensou que seria preciso tê-lo cheio. Estava quase esgotado. De repente, estremeceu. O vidro estava completamente cheio. Correu para ele. Era água de colônia da comum, de 7$000 o litro. Que pena ser tão ordinária! Ele queria da boa, de uma água francesa que cobiçara na véspera. Novo arrepio... Uma ondulação no conteúdo, ligeira alteração na cor, e perfeito, caro, bem cheiroso, o seu desejo da véspera.

Mas seria melhor champanhe... Água de colônia é uma vulgaridade... e não se bebe. Nova mudança: champanhe!

Joe Barreira ergueu-o no ar, fremente. Champanhe! Só uma vez o provara num casamento rico, na sua terra, quando pequeno! Como não conhecia o gênero, pensara naquele mesmo champanhe falsificado. Mas já servia... E sorveu-o de um trago, com entusiasmo.

Era senhor do mundo.

Olhou para os espelhos do quarto, para os frascos da toalete. Pensou que tudo devia ir ao chão. E num segundo tudo se espatifou.

Abriu a porta.

Na sala de jantar, para a qual dava o seu quarto, estava reunida a família da proprietária, em palestra. Joe Barreira resolveu divertir-se.

Com um sorriso à flor dos lábios resolveu esbandalhar móveis e louças de uma vez. E, sob pavor geral, num repente, a sala ficou um montão de ruínas, como se tivesse passado um terremoto. Dona Maria arregalou os olhos, louca, sem uma palavra. Mas pouco depois tudo voltava à calma.

Joe Barreira substituíra o mobiliário antigo por outro no valor de dezenas de contos e a louça esborcinada por faiança e porcelana finas.

Dona Maria, de semianalfabeta, começara a falar francês, no mais puro sotaque, e as filhas, de feias, transformadas, corriam para o taumaturgo improvisado, exuberantes de mocidade e de graça, oferecendo-lhe os lábios.

Sorridente, Joe Barreira desceu à rua. Um automóvel de luxo aguardava-o.

Quis ir ao palácio do governo. Ia dar ordem ao chofer. Mas achou que era trabalho excessivo e desnecessário. Concentrou o pensamento, e o palácio veio pelos ares. Os edifícios próximos afastaram-se respeitosos. A guarda tocou às armas, e o presidente veio à porta, mesureiro, perguntar-lhe se desejava alguma coisa...

Joe Barreira casquinou irônico. Se desejava alguma coisa...

E no meio do assombro universal, o palácio voou pelos ares e foi precipitar-se no oceano.

Eram seis horas da tarde. Hora de jantar. Queria comer um faisão dourado, umas rãs à milanesa, uma... Mas sentiu o estômago cheio. Já estava tudo lá dentro. Descomeu rapidamente. Fez-se transportar com cuidado ao melhor hotel da cidade e começou a pensar por partes, devagar, para não precipitar os fatos, para sentir o gosto:

"Um faisão dourado em cima da mesa... Os garfos. Algumas rodelas de limão..." Provou-o com vagar. Estava soberbo. E, de repente, notou o prato vazio.

O faisão entrara-lhe com um pensamento mais irrefletido pela boca abaixo...

Indignado, viu que o garçom sorria. Teve-lhe ódio. E o garçom desabou num baque. Pof! Completamente morto. Acorreu gente. Que fora? Uma síncope?

Joe Barreira fugiu como um desesperado. Cometera um crime.

Saiu doido pela rua, imaginando que a polícia o perseguia. Realmente, voltando-se, viu que a passo de carga corriam em seu seguimento dois batalhões da força pública. Sentiu que ia ser fuzilado. E nesse instante pararam bruscamente diante dele cem soldados de armas apontadas...

Foi quando se lembrou de que podia conseguir tudo, e, num relance, os soldados desapareceram, varridos por um tufão.

Aliviado, voltou ao hotel. A mesma polvorosa de antes. Gritos. Lamentos da viúva. Ais dos filhos. Joe Barreira sorria de novo. E sem que ninguém soubesse como, o defunto levanta-se, ajeita a gravata, retira do bolso um havana finíssimo e ordena aos companheiros de momentos antes que lhe preparem o melhor quarto do hotel.

Espanto. Murmúrios. Mas o ressuscitado retira do bolso um talão de cheques e paga adiantadamente um ano de hospedagem...

À noite, no palácio que resolvera possuir, nas proximidades de Nice, Joe Barreira começou a rever o seu passado de sonhador esquecido, de medíocre estudante, de apaixonado sem cotação. Lá estava, no melhor recanto de sua memória, o primeiro amor que lhe agitara o peito, que lhe dera febre, que o levara quase à loucura. Era a moça mais bela de sua cidade. Era "a pérola da Sorocabana", conforme a irreverente exaltação de um poetinha da terra. Era miss São Roque.

Toda a gente a venerava. Encanto dos olhos de todos, era a sedução de todo mundo, dos rapazes ricos e brilhantes, como Chagas Franco, médico e fazendeiro, e dos mais humildes, como Joe Barreira.

Era pura, simples, nobre, generosa. Só não o fora para Chagas Franco, nem para Joe Barreira, porque o seu coraçãozinho, o seu sorriso recatado, os seus olhos ingênuos, pertenciam a outro, um modesto empregado de cartório...

Joe Barreira tinha saudade. Relembrava a figurinha dos seus sonhos de adolescente. Ela possuía um corpo maravilhoso, os seios bem-feitos, o colo branco... Mas estacou, assustado.

Diante dele, seminua, os seios à vista, o sorriso nos lábios, estava Belinha. Hesitou. Mas seria? Aproximou-se, trêmulo.

Era, sem dúvida, um produto de sua imaginação exaltada. Mas Belinha atirou-se-lhe aos lábios, como doida, sugando-lhe a vida...

Desaparecera a criaturinha ideal dos outros tempos, do São Roque longínquo perdido no Brasil, que havia pouco deixara, para dar lugar a uma como as outras, as que não possuíra antes apenas por falta de dinheiro, mas que agora lhe farejavam os pés, lhe roçavam as pernas, como cães famintos...

Repeliu-a com desprezo, enraivecido. Procurou o jardim. Um cão pôs-se a latir. Mas nem bem o dono chegava para acalmá-lo o animal estrebuchou. Morto!...

– Ah! Meu Deus!

Joe Barreira voltou-se. Era um velhinho que se lamentava, abraçado ao cão.

E Barreira teve que restaurar-lhe a vida, para fazer cessar as lágrimas e uivos do homenzinho...

A vida tornou-se-lhe então um inferno. Joe Barreira pensava objetivamente, por concreto. Tudo que brotava no seu cérebro se projetava em realidade na sua frente. Não teve mais um desejo insatisfeito. Possuía o mundo. Nunca uma mulher lhe negou o corpo, nunca lhe faltou o mais ligeiro capricho.

Pensava, desejava... e era o suficiente. O seu pensamento era quase uma calamidade. Se sentia uma fugitiva indignação, havia mortes e hecatombes. Sepultava cidades, arruinava continentes num segundo fugitivo. Num relâmpago transformava a face da terra.

Mas como era bom – e nisso estava o seu maior martírio –, a sua vida era um contínuo fazer e desfazer, vivia a desenterrar cidades e desinundar campos, a fazer voltar a vida aos mortos, restaurando e reparando os males que ele próprio, quase involuntariamente, perpetrara.

Joe Barreira começou a fazer o bem. Transformava os mendigos em reis, enchia de abastança as choupanas dos campos e os casebres dos operários, nos subúrbios. Mas notava que ninguém era feliz. Muito mendigo que cantarolava pela estrada tornava-se mau e macambúzio quando rei. Muito amante desprezado começava a esbordoar a Julieta sonhada de outros tempos, quando aceito...

Joe Barreira não sabia o que seria bom. Que fazer? Em que pensar?

Mas o que parecia bom causava males!... Os desejos que realizava se transformavam em tédio...

Uma grande tristeza o abateu. Oh! O seu maldito pensamento, o terrível privilégio que lhe concedera a visão daquela tarde! Quanto daria para voltar ao que era, por ser o que fora, por trabalhar de novo como um cão, perseguido e caluniado, entre amigos intrigantes, no emprego, e as lamúrias contra o atraso nos pagamentos, da pensão...

Ah! se ainda pudesse passar fome... Se pudesse ser forçado a encher as horas amargas dando uma e muitas voltas no Jardim da Luz...

Às vezes resolvia passar fome. Passava horas sem comer. Mas de repente distraía-se, e surgia diante dele, irônico e fumegante, um jantar opíparo, uma ceia luculesca...

Uma noite Joe Barreira fez vir a fada à sua presença.

– Que desejas?

– Voltar ao que era.

– Impossível. É o único desejo que não podes realizar. Nem voltarás ao que eras, nem...

– Vou matar-me, então!

– Nem poderás morrer antes do tempo...

– Estou irremediavelmente perdido! Que hei de fazer, meu Deus?

A fada muito branca, muito espiritual, coçou o mento, como quem busca uma solução.

E, com o tom de quem aconselha uma coisa impossível:

– O único remédio é não desejares coisa alguma...

Depois do amor

– Eu já não sou criança, bem vês. Tenho quinze anos de casado. E isso, na vida de um homem, já é a descida para a morte. Mas apesar da monotonia como dizes, desta vida a dois, a dormir sempre no mesmo leito, e a comer à mesma e eterna mesa, ainda ponho em dúvida a superioridade e as sensações da tua vida de solteirão patusco e impenitente. Lembro-me de quando me casei e do juramento que naquela época fizeste. A tua imaginação e esse teu temperamento absurdamente tropical exigiam uma vida de aventuras, de desastres e de sensações. Nunca te sujeitarias ao tédio irremediável, às sensações brancas e mortas do matrimônio. Já os cabelos debandam da tua cabeça meio grisalha, já tens sulcos comprometedores pelo rosto...

– Não, não exageres!

– ... e, mesmo que o quisesses, não te seria mais fácil, com tua fama e o teu passado, transpor o cabo Não do casamento... Mas não te invejo o passado!

– Nunca o poderias ter vivido! Seria um desastre para teu quilo feito a tempo e hora, uma ceia bem regada às quatro da manhã! Tu só podes compreender o amor correspondido, a horas certas, o beijo frio, ao sair para o trabalho, os pequenos correndo pela rua a te saudar, e o beijo frouxo e tradicional, de volta do escritório. Ora, a mim, isso não me convém. Eu queria e quero ainda a sensação sempre renovada, o amor, o ódio, o desespero, a variedade, o escândalo. Tu não podes imaginar a alegria de ver o nosso nome pelos jornais na embrulhada de um grande escândalo amoroso, ou numa tragédia conjugal, conforme a chapa de todos os diários. Compensa todas as tristezas da vida a bala de um amigo enganado que nos passa ganindo pelo ouvido...

– É que nunca terás alma para as pequeninas e infinitas alegrias da vida diária, do ramerrão, dessas coisas que nada são e valem por uma eternidade. Nunca poderás saber quantas vezes e quantas mulheres amamos e descobrimos na única mulher que temos! Olha, no começo da minha vida conjugal estive quase a dar-te razão.

– Hein?

– No começo, no começo apenas, antes de a compreender. Creio que me casei por amor. Tudo, pelo menos, me leva a crer que sim. Sabes o que lutamos para a nossa união, e os anos infindáveis de amor atribulado que vivemos. Mas uma coisa nos havíamos prometido com aquela honesta lealdade que sempre nos ligou desde o princípio: no dia em que nos deixássemos de amar, estaria tudo findo para nós. Nunca nos enganaríamos. Se eu viesse a amar outra mulher, ou se apenas a deixasse de amar, procurá-la-ia e, com toda a franqueza, diria: "Já não te amo mais". O mesmo faria ela, se isso lhe acontecesse. E ficava desde já entendido que não haveria lamúrias nem tragédias. Cada qual seguiria o seu destino. Tínhamos, para isso, bastante independência e grandeza d'alma. Dito e feito. Dois anos após, a nossa vida, de paradisíaca e sublime, começou a se tornar insuportável. Estávamos ambos cansados. Éramos reciprocamente indiferentes. Por essa época, num teatro, conheci uma bailarina russa, polaca ou francesa, – nunca o soube ao certo – que me impressionou profundamente. Tinha tudo o que as bailarinas costumam ter, e seria perfeitamente dispensável, quase ridículo, que eu te viesse descrever uma bailarina...

– Sim... Sim... adiante!

– Gostei dela. Procurei-a. Entendemo-nos. E durante muitos meses, nos intervalos da vida conjugal, eu ia desalterar naquele corpo imaculadamente branco, a minha sede de amor e novidade. Mas um dia eu me lembrei do nosso mútuo juramento. Estava sendo desleal pela primeira vez na vida. Vivia todo e inteiro para outra mulher e não lho declarava, como havíamos acordado no começo. Eunice parecia desconfiar. Se não desconfiava, pelo menos era-lhe eu perfeitamente estranho, porque nada mais nos aproximava. Tudo terminara entre nós. Havíamos morrido um para o outro. E durante muitos dias, quando voltava da carne branca e doce da minha bailarina cosmopolita, fui resolvendo intimamente e criando forças para o passo final e libertador. Cumpriria a minha promessa e reaveria a minha sonhada liberdade. Era tão simples! Não o havíamos combinado? Bastavam duas ou três palavras e estaria tudo para sempre resolvido.

Uma noite, afinal, Kara exigiu que passássemos a viver juntos. Caso contrário, separar-nos-íamos. A ameaça, no seu francesinho suspeito, deu-me a final resolução. Prometi-lhe que no dia seguinte passaríamos a habitar no melhor hotel da cidade, enquanto procurávamos casa. Eu não poderia viver sem o seu amor, quando nada, a sua carne adorável.

Eram nove horas da noite. Tomei um carro e segui para casa. Queria aproveitar-me da decisão em que estava e liquidar tudo imediatamente. Em pouco estaria de volta, livre e desembaraçado. Ainda não tínhamos filhos, era facílimo.

Cheguei a casa. Eunice cosia qualquer coisa, à luz da sala, como de costume. Aproximei-me, ligeiramente nervoso, e falei:

– Eunice, eu venho cumprir um velho compromisso que assumimos há dois anos. Deves recordar-te... Eu... eu já não te amo mais...

Ela ergueu para mim os olhos negros e profundos:

– Eu também não...

– E...

– E selamos com um beijo ardente, desesperado, imortal, a morte do nosso amor.

Amizade

Luiz Romano tinha um ligeiro começo de calvície, quando ficou noivo. Seus trinta anos, mais ou menos. Os músculos da atenção haviam cavado sulcos na fronte larga. E tinha no canto esquerdo do lábio uma ruga mais funda, num meio esgar de ironia ou de amargura.

A notícia causara sucesso entre os amigos. Ninguém a esperava, por certo. Cético, boêmio, com a cicatriz mal fechada de três ou quatro paixões violentas na juventude, não seria fácil vê-lo amar de novo ao ponto de pensar no fim de fita suburbano do casamento.

Mas o escândalo maior foi justamente o fato de Luiz Romano declarar, sem rebuços, que não casava por amor. Dito entre os amigos, pareceu quase natural:

– Ah! ela tem dinheiro?

Mas ela não tinha dinheiro.

– Você fez alguma das suas?

Também não. Demais, ela já tinha 22 anos completos, afora dois ou três pelos quais as amigas respondiam.

Daí a perplexidade. Entre as famílias respeitáveis que frequentava, em conversa com as donzelinhas casadoiras da sua relação, porém, o espanto era mais fundo.

– Que coragem, a do Romano!

A coragem, para eles, não era tanto o casamento. Afinal, há muita gente que a tem. A coragem estava ainda na sua confissão.

– "Mas isso não se diz..." persignavam-se as senhoras honestas, em conchavos com os amantes. "Isso é o cúmulo... Então para que vai casar?"

Luiz Romano explicava lealmente que era uma simples questão de amizade. Gostava dela. Gostava, como se gosta de um amigo honesto, inteligente, puro. Ela era assim. Conhecera-a alguns anos antes. Apreciava a sua linha de vida, a sua simplicidade de pensamento, o sabor de naturalidade que sabia pôr em todos os gestos. Era uma mulher bonita, é verdade. Muito bonita, mesmo. Meia cidade a desejava. Embora não se deixasse arrastar pela tentação do corpo, que, afinal, era fácil e mais prático substituir, o seu instinto de artista se comprazia na sua contemplação. Ouro sobre azul. Um corpo, além de uma alma. Sabia poder confiar nela, sem hesitação. E como era correspondido, uniam-se pela vida, feitos um só pela amizade, sem suspiros de amor e sem sonetos...

Contra todas as expectativas, Luiz Romano, que enterrara duas fortunas e começava a esbanjar a terceira, com ardor levantada, e passara pela cocaína, pela morfina e pelo amor, foi um marido exemplar. Dois ou três anos decorreram. Não foi mais visto no Esplanada, foi esquecido no Imperial, foi a saudade mais sentida dos cassinos de Santos, do Rio e dos balneários de Minas.

Duas ou três cocotes de alto preço representaram violentas tentativas de suicídio, desesperadas dos meios comuns de persuasão, desde o beijo à ameaça. Os melhores amigos debalde puseram-lhe a ridículo a atitude inesperada.

– Olha o monge!

– Olha o pai de família!

– Maridinho da minh'alma!

– Fecha bem o capote, bugrinho! Olha o resfriado!

Vieram cartas anônimas, versos irônicos, sorrisos silenciosos, como se fosse um marido enganado.

Mas Luiz Romano atravessou impassível os sorrisos, os ridículos, os amigos. Ganhou prosaicamente alguns quilos, suavizou ligeiramente a ruga irônica do lábio, e deixou progredir despreocupado a calvície irreverente, que lhe alargava a testa cheia de sulcos.

– Sim, senhor!

– Olá!

– Mais gordo, hein?

– É verdade...

– Muitos filhos?

– Não, por enquanto.

– Vamos hoje à noite à casa da Willy?

– Que Willy?

– Não te lembras, homem? Se ela foi tua durante dois anos...

– Durante trezentos contos, é verdade...

– Pois é isso. Chegou ontem de Paris.

– Sim?

– Não perguntas ao menos se voltou mais bonita?

– Voltou?

– Voltou, está claro...

– Já vês que não era preciso perguntar...

– E doida por ti. Foi a primeira pergunta...

– Obrigado...

– Se já desistiras...

– De quê?...

– Do mosteiro.

– Ainda não...

– Mas, francamente, isso é ridículo...

– Que milagre! o Romano por aqui!

Cumprimentos. Sorrisos. Amabilidades.

– Bonito exemplo, Romano! Você deu um amoroso à moda antiga...

– Parece-lhe?

– É o que os fatos demonstram... Em pleno século XX tamanha fidelidade marital...

– Já alguém afirmou que eu devo ter sífilis no cérebro...

– Ah! não digo tanto... Mas é fantástico, sem dúvida. Já é amor!

– É um engano. Se fosse amor, já teria passado. Os meus amores desapareceram todos com o tempo. O amor sempre acaba. Porque cansa. Porque perde o interesse. Porque é amor. O meu sentimento foi, desde o princípio, de amizade. Guardamos fidelidade de amigos. Eu conservo os amigos de infância. Alguns moram no estrangeiro. Outros aqui, rindo-se de mim. Mas não os posso esquecer. Trago-os na memória, presos a pedaços do passado, a alegrias e dores, a patuscadas e amarguras. As mulheres que amei, foram-se todas. Não me resta nenhuma. Da primeira, guardo uma carta cheia de solecismos. Da segunda, encontrei há dias, entre velharias, uma linda madeixa loura, com uma dedicatória. Confesso que a supunha castanha. E, no entretanto, ela me fizera pensar até no suicídio, segundo depreendo de cartas devolvidas, e que pouco depois descobri. Das outras todas, muito pouco ficou...

– É que não amaste nenhuma...

– Como não?

– Era impressão fugitiva, bobagem...

– Não! era amor, como o dos outros. Desci a tudo. Tive todos os sintomas. Emagreci, chorei, perdi o sono, pensei na morte, fiz versos... Fiz todos os papelões clássicos do amor.

– Se o amor fosse sincero, não terias pensado na morte, como dizes...

– Que faria, então?

– Num caso de desespero? Não pensarias apenas. Meterias uma bala, bem redonda, na cabeça...

– Pois eu fiz isso, como não? Uma na cabeça, outra no peito...

– Hein?

– É a verdade. Aos 18 anos. Todos os jornais falaram. É a maior chaga do meu passado. Estive seis meses vai não vai. Afinal, fiquei bom. E esqueci. Passei a outras, amando sempre, cometendo versos, até que cheguei a ser o que sou, livre e sadio.

– Para vir amar depois de velho...

– Oh! criatura!

– Está bem... Está bem... Não te zangues. Mas se é simples amizade, por que esse exclusivismo? Por que não procuras outras mulheres, como antigamente, quando tinhas dez, vinte, ao mesmo tempo?

– Porque ela me basta.

– Mas nem uma escapadazinha?

– Pago-lhe na mesma moeda...

– E se ela te enganasse?

– Não há perigo...

– Dizem todos os maridos...

– Se o fizesse... paciência! É um direito que tem. Mas não há perigo.

– Não a matarias?

– Não.

– Por quê?

– Porque não. Há duas ou três mulheres a quem tenho quase a mesma amizade e nunca as matei por não dormirem comigo.

Ela, por coincidência, é minha mulher. Mas está no caso das outras, que têm maridos e talvez amantes...

– E não há possibilidade de a enganares?

– Penso que não. Seria uma baixeza. Era preciso que a sua vida me autorizasse a tanto. Eu não seria homem para mentir à confiança que deposita em mim. Simples questão de lealdade.

– E compreenda-se um homem desses!

Madame Romano uma vez adoeceu. Esteve entre a vida e a morte por vários meses. Mal de verdade. Quase um cadáver. Levantou-se como um trapo de vida. Inútil, desalentado, feio. Só um ano depois, voltou a ser um longe do que fora, embora indelevelmente depauperada.

O esposo foi de uma dedicação feminina, maternal. Não lhe saiu de ao pé da cama, não soube de mais coisa alguma. E quando a viu de pé, Luiz Romano mais parecia o convalescente que o enfermeiro.

Os próprios amigos se comoveram. Dessa vez ninguém sorriu. E só Luiz Romano continuou pensando que era simples amizade o que o ligava à esposa...

No descer da encosta...

A luz apagada, o cigarro aceso, estendido ao longo da cama, Lopes d'Aveiro fazia um esforço inútil de desocupado para distinguir, na meia treva que o cercava, o fumo do seu cigarro.

Pela bandeira da porta e pela janela aberta entravam feixes brandos de luz que repousavam contra os móveis e contra o teto do quarto.

E Lopes d'Aveiro pensava na vacuidade de sua vida, nos seus decênios inúteis, no seu trabalho improdutivo. Vivera já alguma coisa, viajara muito, gozara muito. Conhecia de sul a norte o seu país, correra a Europa várias vezes, experimentara toda sorte de mulheres, percorrera a escala de todos os vícios humanos, provara todos os prazeres lícitos e ilícitos, mas nada de tudo isso lhe ficara.

O seu dinheiro não lhe proporcionaria nenhuma nova alegria, nada de novo esperava encontrar. Sentia-se farto, enfarado.

Tivera muitos ideais quando moço: a experiência dos homens matara-os.

Sonhara uma obra de arte e viu-se incapaz de a realizar, sem estímulo nenhum. Seria inútil. Ninguém a compreenderia. As suas amizades, certamente, tê-la-iam elevado à altura de uma obra-prima. Mas o seu espírito amadurecera muito cedo para dar valor às grandes frases da imprensa amiga e à glória sem duração fundada sobre criticastros pretensiosos.

E certo de que não atingiria nunca o sonho de ouro dos seus verdes anos, atirou fora o cinzel e cruzou os braços. Antes não tentar!

Preferiu divertir-se, valer-se dos prazeres que o seu dinheiro e o seu gênio comercial lhe poderiam dar.

E atirou-se à vida, ao amor, ao prazer.

Enquanto pôde esperar coisas novas o seu espírito inquieto e insatisfeito pareceu afazer-se facilmente à nova existência. Tudo corria bem. Mas os anos passaram. Os mundos e as mulheres eram sempre os mesmos, a mesma desilusão, o mesmo enfaro. As mulheres mais desejadas e mais arduamente conquistadas eram as que mais de pronto se esqueciam.

O que mais o entusiasmava era o que mais o enchia de tédio. Levara à boca todos os vinhos, embriagara-se de todos os prazeres. Em nada persistiu.

Convenceu-se afinal de que mais valia renunciar. E renunciou.

Quase misantropo, afastou-se dos companheiros alegres, de vida airada e fútil. Passou a viver só, apesar de amigos e de amigas...

Lopes d'Aveiro, preocupado inconscientemente com o fumo do cigarro, que se evolava perfumado e tênue para o teto, relembrava os seus primeiros sonhos, os seus primeiros amores.

Esbatido e esmaiado num pôr de sol longínquo, parecia-lhe ver ainda, acenando, muito branco, um bracinho frágil de menina, a dizer-lhe adeus.

Fora aos 17 anos. Ela teria 15 talvez.

Haviam-se amado longos meses, à sombra cariciosa de um jardim modesto de cidadinha provinciana, onde fora passar as férias.

Confidências tímidas, meias palavras, confissões ardentes abafadas no peito e transbordando pelos olhos, tinham sido toda a história do seu primeiro amor.

Março chegara, porém. Era preciso voltar à capital, onde os estudos o chamavam. E quase noivos, chorosos, desesperados, separaram-se, trocando juras eternas. Ver-se-iam logo, amar-se--iam sempre, viveriam, eternidade em fora, um na alma do outro.

Lopes d'Aveiro voltou ao Rio. Projetos de arte, sonhos de beleza, patuscadas loucas fizeram-no esquecer em breve o seu casto amor provinciano.

As viagens, os conhecimentos, as desilusões se sucederam, apagando lentamente a imagem que em meia sombra pouco a pouco se esfumava.

Quando, completamente farto, cético, amargurado, envenenado, Lopes d'Aveiro deu de mão aos prazeres efêmeros que o seu dinheiro comprava, um dia, luminosamente, numa doce e vivificante aparição, reanimou-se de improviso diante do seu espírito, avultando lento e lento, o sonho já perdido. Envolto numa roupagem ideal parecia-lhe da véspera aquele adeus confiante, ao pôr do sol. E como se de nada lhe valesse o tédio, o seu conhecimento dos homens, a sua desilusão, começara a desejar ardentemente ver de novo e ter nos braços a pequenina amada de sua ingênua adolescência.

A saudade, a tortura do desejo, a avidez de um novo sonho, encheram-lhe a alma.

Uma tarde, tomado de uma resolução insensata, quis por força voltar ao berço do seu primeiro sonho de amor, para reviver *in loco* as horas que nunca mais voltariam, os mesmos olhos tristes, a mesma e frágil mãozinha que lhe dissera adeus, de lenço no ar, naquele ocaso longínquo.

Preparou-se e, no dia seguinte, pálido, trêmulo, tomava quarto no mesmo hotel em que vinte e muitos anos antes se hospedara, com frente para a mesma praça, à sombra da mesma e virente mangueira do passado...

Era o sonho que se recompunha pedaço por pedaço, linha por linha.

Lopes d'Aveiro sentia-se remoçar, enchia-lhe a alma a mesma ingenuidade, provava ainda a renascida alegria das aprovações no ginásio, como se tivessem sido uma vitória de quinze dias antes.

À esquina, plenamente dominado pelo seu olhar, ficava, silencioso e solene, no seu grave estilo colonial, o prédio à janela do qual se debruçava para ouvir-lhe as tímidas palavras a sua Cininha.

Examinava aquele quadro tão conhecido, quando, murmurando um "com licença" aflautado, entrou no quarto um dos empregados, a colocar um sabonete novo sobre a toalete.

– Quem mora atualmente nessa casa? – indagou Lopes d'Aveiro.

– Nessa grandona? É dona Cininha, respondeu o rapaz, retirando-se logo.

Era todo o seu sonho que ainda vivia! Correu para a rua.

Ia cair-lhe aos pés e pedir-lhe perdão pelos anos de loucura, ele, o amante pródigo, o ingrato, o perjuro!

Encaminhava-se já para o imponente casarão, quando viu chegar à porta, moça e linda, como vinte anos antes, numa visão gloriosa, o mesmo e pequenino ser, que ficara a dizer adeus, da estação, o lenço no ar, com os olhos cheios d'água...

Lopes d'Aveiro estacou deslumbrado, trêmulo, sem poder acreditar. Não estaria sonhando?

Nesse momento, chamando-o à realidade, ela deu-lhe as costas, estendendo os braços para um repolhudo pimpolho de pouco mais de um ano, que a seguia de gatinhas, e lhe oferecia, do batente, os braços tenros.

– Oh! casada! Com um filhinho! Cheguei tarde demais!

E uma nuvem de tristeza ensombrou-lhe o semblante. Deu mais um passo para falar-lhe, vendo que ela se dirigia para a esquina, e estacou de novo, estatelado.

– Espere aí, minha filha, suplicava uma anafada viúva, que aparecera à porta. Assim eu não posso te acompanhar!

E passou por ele sem reconhecê-lo, arrastando-se com dificuldade.

– Este meu reumatismo! – murmurava ela, rezingando. – Espere, Cindoca, espere!

E só então Lopes d'Aveiro compreendeu que o seu sonho era aquilo tudo: a Cininha do adeus choroso ao pôr do sol, já era avó!

Rememorando o seu passado e as desilusões que o polvilhavam, a página mais amarga era, para Lopes d'Aveiro, a daquela tarde, na velha praça, quando voltou a correr para o hotel, arrumando precipitadamente as malas, a fim de não perder o expresso que passava.

E tentando acompanhar com esforço inútil o fumo do seu cigarro, que se evolava para o teto, parecia-lhe ver na fumaça que se perdia no ar, símile perfeito de todos os seus sonhos, de todos os seus amores...

O meu futuro suicídio
(Do jornal de um neurastênico)

Sinto que, se nada me trouxer uma morte prematura, o meu fim será, cedo ou tarde, o suicídio. Sinto isso. Uma voz interior mo diz com uma intensidade, uma impertinência feroz. Vem-me do subconsciente, do mais profundo, não sei como nem por quê. Não tenho sentimento religioso. Não sei de Deus, não sei da vida. Tudo para mim é mistério inescrutável em que não vale a pena perder tempo. Que será a morte, não sei. Ignoro o porquê da vida. Não sonho com a morte, não tenho a atração mórbida do abismo. Pelo contrário, até, ela me repugna, como a toda gente sã. Tenho o apego normal e medíocre da existência que todos têm, sem ver na morte a amante ideal dos espíritos doentes. Fujo aos automóveis com o mesmo horror dos demais homens. Quando vou a São Paulo procuro os vapores. Não como agrião pelo pavor de vir com ele, de cambulhada, a cicuta, que levou Sócrates e me pode levar. Quando se fala em febre amarela sinto um aperto, uma angústia indescritível na alma. Não quero morrer.

Mas a mais ligeira contrariedade traz-me a ideia do suicídio. Não chamo geralmente suicídio a esse ato. Parece-me dar muita importância, uma idealização romântica, que ele não merece. Chamo-o simplesmente: "esbandalhar os miolos".

Quando pequeno, o suicídio me horrorizava. Fazia-me estremecer como a coisa mais terrível, mais pavorosa da existência. Significava loucura, covardia, desespero. Era a precipitação voluntária nas geenas eternas onde o bicho que rói e nunca morre e o fogo consumidor e inapagável atormentam, pela eternidade sem fim, as almas pecadoras.

Tinha eu 15 anos quando um tio segundo, desconhecido para mim, rebentou o crânio com uma bala. Foi um dia negro em casa. Meu pai, que não via o morto havia vinte anos, passou dois ou três dias cabisbaixo, acabrunhado, pensando aterrorizado no destino que levaria aquela pobre alma tresloucada na eterna penitência dos infernos... Para o seu espírito religioso, sabedor como era da inclemência divina para com os desertores da vida, fora um profundo abalo a morte daquele parente longínquo e deslembrado, voluntariamente devorado pelo mistério...

Alguns anos depois, novo suicídio. Um tio ainda. Oitenta anos... Mais um pouco de paciência e morreria como toda gente. Mas não quis esperar. Enforcou-se. Novas lágrimas em casa.

Eu não comentava esses fatos. Mastigava-os em silêncio. Parecia-me incrível aquele desespero. Era tão grande a impressão que me causavam, que durante dias e dias ainda me voltavam à mente. Era um misto de pena e de horror, de espanto e compaixão o meu sentimento. "Pobres tios"!

Mas como podia alguém transpor *sponte sua* as fronteiras da vida?

Mas aquele mistério tremendo que me roubava o sono tantas vezes não os impressionaria?

Quantas vezes não passei a noite sem pregar olho, angustiado pelo pavor de dormir e não mais acordar, pelo pavor de ser colhido na voragem, quando não pudesse reagir!

Ao me deitar, muitas vezes, assaltava-me essa ideia: e se dormindo, eu fosse precipitado no além? Se me caísse a casa em cima? Se me parasse subitamente o coração? Se um incêndio me levasse?

No silêncio da noite, o vento uivava ao longe na folhagem das árvores ou vinha cantar soturno nas bandeiras da porta.

E que angústia de morte me trazia!

Muitas vezes, alta noite, quando a casa era a paz do sono para todos, exaustos do trabalho e dos estudos, eu me levantava cauteloso, dobrava os joelhos diante do altar, e erguia, para aqueles santos impassíveis, a minha prece inútil, o meu desejo inútil de sossego. Não me tranquilizava; os santos não me ouviam.

Na sombra negra que os cercava, não os via moverem-se, não lhes via um gesto.

O meu coração continuava seco. A minha sede, inextinguível. Passou o tempo. Fiz-me homem. Desesperei dos santos, descri do céu. Acostumei-me a ver crânios despedaçados e a ler nos jornais a narrativa grosseira das tentativas malogradas de suicídio. Habituei-me a rir das criadinhas de Botafogo deitando fogo às vestes e das marafonas do Mangue, ingerindo lisol às primeiras pancadas dos amantes.

A ideia do suicídio ficou-me familiar. Outros amigos se iam. Outros crânios se espedaçavam. Passei por aguda crise passional e financeira aos 20 anos e por várias vezes, no desespero que me endoidava, plantou-se diante de mim a ideia da morte.

E se eu morresse? E se liquidasse de uma vez aquela fonte inesgotável de pranto que era a vida?

Mas faltava-me o ânimo. Acovardava-me. O meu desespero não tinha forças para resistir ao natural instinto de conservação que me prendia à terra onde tinha dívidas, onde os amigos eram falsos, onde as mulheres mentiam sempre, onde todos os meus sonhos fracassavam sistematicamente.

A ideia da morte aparecia-me como coisa vaga, indistinta e distante, desejável e temível, como problemática solução aos meus contragostos.

A hipótese do Inferno, então viva ainda no meu cérebro, afastava facilmente toda a possibilidade de suicídio.

Tinha bem vivos na memória dois quadros que contemplava apavorado, quando pequeno, à porta da matriz de nossa terra. Um, a morte do justo, arrebatado por um anjo de asas muito brancas, recebido no céu por uma teoria festiva de querubins e serafins, com o diabo a um canto, rilhando os dentes num desapontamento. Outro, a morte do ímpio. Um anjo ao fundo chorando. O diabo com o imenso garfo de três dentes espetando-lhe a alma. Um grupo de diabinhos saltando em volta alegremente, a cauda empinada, os pequeninos chavelhos a apontar para o céu, e uma risada má na boca sem dentes.

Tinha a *Divina comédia* na memória. E aquele inferno em que os violentos e assassinos ficavam pela eternidade afora semiafogados num rio de sangue fervente apavorava-me.

Se houvesse inferno, era melhor ficar...

Mas o tempo foi passando aos trambolhões. A vida melhorou. Conquistei uma posição. Fiz nome. Satisfiz-me com o que me dava a mulher, sem lhe exigir impossíveis atitudes de romance de Coleção Popular a 1$500 o volume, e os últimos temores do Inferno se apagaram.

Hoje como a hora certa, tenho casa fixa, pago os alfaiates em dia, e já possuo mesmo um pequeno pecúlio no banco. A velha ideia, porém, não me abandona. Agora, que não me assusta mais aquele inferno de cenografia, o suicídio tornou-se-me ideia habitual. De todo instante. A propósito e sem propósito. Estupidamente. Quando menos espero, vem à tona a ideia maldita.

Claro está que a considero ridícula, imbecil, inconfessável. Não há nada mais idiota. E no momento em que escrevo estas linhas, por coisa alguma eu me despediria espontaneamente da vida. Nada, nada! Quero viver.

Seja como for, esta existência, apetecível ou não, tem que ser inteiramente vivida, de qualquer maneira. E eu não quero morrer. Não quero!

E o que justamente me preocupa é a facilidade com que penso em esbandalhar-me o crânio com um revólver que, aliás, não possuo.

Surpreendo-me certas vezes resolvendo intimamente a maneira melhor de matar-me. Penso no revólver. Imagino-me com a arma ao peito. A ideia me agonia. Levo a arma às têmporas. Penso num tiro no ouvido. Qual o mais seguro?

E o interessante é que sempre penso na possibilidade de salvação por um desses milagres da medicina.

Certa vez surpreendi-me imaginariamente pendurado de uma árvore, desfalecido. Atirara-me do Corcovado!

De outra feita, em viagem para Niterói, ia preocupado com a possibilidade de atirar-me da barca. Mas eu sabia nadar, e, quisesse ou não, lutaria contra as águas. Pensei então em pedir a alguém que me ligasse as mãos às costas, impedindo-me todo e qualquer movimento. Mas quem consentiria em me ligar? A ideia era estúpida...

Quando estou a sós, distraio-me por vezes a cogitar no que faria, no caso de me matar. Deixaria explicações? Mas que explicações afinal? Uma carta à polícia? Mas isso é vulgaríssimo. Seria repetir, com um pouco mais de sintaxe, o que diariamente fazem os empregadinhos do comércio. "Não culpem ninguém. Me mato porque estou desiludido da vida." Muitas vezes escrevem vida com dois *dês*...

Eu não desejaria estar no mesmo caso.

Ou deixaria uma longa exposição, uma peça literária, fazendo estilo sobre o meu ceticismo? Mas esse cabotinismo póstumo não me apraz. O melhor seria deixar simplesmente o meu nome, com letra firme e o endereço. Seria mais elegante. Impressionaria...

Todos esses raciocínios são absurdos. São pueris. Sei que, se me fosse matar, nada faria do que aí está, e o próprio suicídio seria para mim uma surpresa, caso a pudesse sentir... Mas o que me impressiona, mais uma vez o repito, é como me habituei à negra ideia.

Serei acaso um tarado? Terei nas veias porventura o sangue envenenado dos tios e primos que se foram?

Não sei. É possível que sim, é possível que não. Corro neste momento os olhos pelo quarto. As paredes, modestas. O nariz em garra de Dante, numa estatueta comum. Uma Vênus barata, que a dona da casa teima em pôr-me sobre uma das estantes. Um velho grupo de família na parede ao fundo. Lá estou eu com o dedo espetado na cinta, olhando firme para o passarinho que o fotógrafo prometera mostrar...

Sobre a minha mesa de trabalho, numa cópia descolorida, desmaiada pelos anos, a única saudade da minha infância... Livros em desordem nas estantes, ideias em desordem no meu cérebro...

A finalidade da minha vida? Sei lá! A do meu coração? Muito menos!

E ponho-me a brincar, displicente, a cabeleira revolta, com um pega-papéis de massa *Made in Japan*, representando uma caveira, na qual pintei, não me lembro quando, um longo bigode lusitano...

A primeira tentação

Já os últimos espectadores se afastavam, estava já imerso na escuridão o grande acampamento do circo, alguns artistas se retiravam para o hotel aos pares, de ar aborrecido e sonolento, e o Paulino ainda permanecia à esquina, a mão esquerda no bolso, nervoso, perscrutando as cercanias.

Ela teria saído? Dormiria ali mesmo, naquela desordem, naquela promiscuidade?

Não a vira sair. Talvez se perdesse no meio da multidão que, atropeladamente, aos empurrões, deixara as bancadas toscas do circo, findo o espetáculo, comentando satisfeita e repetindo babosa as chalaças da pantomina final. E talvez saísse mesmo acompanhada... Esta ideia inaudita e insuportável fazia-o trincar os dentes de indignação e despeito.

Por fim, vendo inútil a espera, resolveu partir. Já os seus iam longe, lá pela rua 7 de Setembro, caminhando com firmeza e perícia pela treva densa, sem ir de encontro aos trambolhos da rua, nem de nariz ao fundo das barrocas, ultimamente abertas pela chuva, tal o conhecimento seguro da região. Estugou o passo. Divisou a distância vultos conhecidos. Ouviu-lhes as vozes. Eram os pais, os manos, que falavam alto, relembrando as façanhas do equilibrista inglês, que estreara aquela noite, operando prodígios sobre uma corda a muitos metros do solo, ou as pilhérias do palhaço, que mantivera em constante gargalhada o auditório pouco exigente e bem pagante.

– E aquelas garotinhas, não, papai? – comentou uma das pequenas.

– É verdade, trabalham bem.

– Uma tem só 8 anos e a outra 11.

– Ora! mas o Perrucelli tinha coisa muito melhor – comentou outro, ostentando a sua erudição no assunto. Quando estive em Jacareí vi uma companhia colosso! Quatro elefantes, sem contar os filhotes, que já tinham também um jeitinho de elefante... Havia um acrobata que levantava uma moça em cada braço e suspendia na ponta do pé esquerdo uma garota de cabeça pra baixo.

– Morde aqui! Essa eu não engulo!

– Palavra de honra!

– E aquele sujeito do Spinelli, vocês lembram?

– Qual, um narigudo?

– Sim. Dizem que era russo. Era um bicho!

Estavam à porta da casa. Dona Lídia tirou da bolsa o pesado molho de chaves, e abriu-a com esforço, dando a bolsa a um dos pequenos, e empregando na ação as duas mãos.

– Que fechadura horrível! Você precisa pôr outra, Maneco.

Recolheram-se todos. Nos quartos vizinhos o Paulino ainda ouviu, pela noite adentro, a continuação dos comentários e a recordação saudosa dos outros muitos circos, que, de tempos em tempos, vinham alvoroçar e despertar da pasmaceira incurável a velha e decadente cidadezinha.

Afinal, apagadas as luzes, vencidas pelo sono, as vozes foram lentamente desaparecendo. O silêncio pouco a pouco dominava onipotente, quebrado apenas pelo ressonar do Quinzinho, numa cama ao lado. Só o Paulino não pregava olho. Não lhe saía da memória, por mais que se esforçasse, a ginasta adolescente, escultural e provocante, que o deslumbrara no espetáculo. Ela piruetava na sua mente, sem cessar, como doida. Nada mais vira aquela noite, depois que ela surgira em cena com seu maiô cor-

-de-rosa, a dar realce tentador a formas de encantar. As pernas admiravelmente bem-feitas, as ancas bem torneadas, os seios duros de virgem, tudo o maiô cobria e desnudava, seguindo numa curva sinuosa e acariciante, como numa posse voluptuosa. E o rapazelho ardia em febre.

Um desejo doido, o primeiro desejo inexperto e deslumbrado, fazia-lhe ferver o sangue pelo corpo. Haviam-na seguido acrobatas de nomes complicados, cheios de exclamações e frases soltas noutras línguas, para dar mais prestígio ao trabalho que faziam, aparentando estrangeiros. O palhaço repetira, no meio da gargalhada uníssona do público, velhas anedotas estafadas. Um domador metera corajosamente a cabeça na boca desdentada de um pobre leão cego, filho de um jardim zoológico europeu, cujos uivos eram "a nostalgia infinita da floresta virgem", na frase de um sonetista da *Reação*, órgão do partido conservador, único, aliás, na cidade. Vieram depois números de sensação, Vigente, "o homem mais forte do mundo", Candinho, "extra-fenomenal equilibrista", Vivi, "ultra-angélica beleza". Mas nada mais o impressionara. Tinha na retina, para sempre, dominadora, a deliciosa acrobata e dançarina. Não podia conceber como uma criatura tão maravilhosamente bonita se prestasse àquele papel, aparecendo, a bem dizer, nua perante o público.

Num dos números ela se curvara toda para trás, naqueles trajes, com um simples maiô, a lhe seguir o corpo servilmente, a fim de apanhar um lenço com a boca. Era incrível! Mas ela o fizera! E havia tanta naturalidade, parecia que toda aquela exibição tentadora do seu corpo era para a rapariga a coisa mais simples do mundo! Um atleta de lindas formas tomara parte com ela noutro número. Suspendera-a nos braços, levara-a aos ombros, o corpo escultural da moça escorregara-lhe suavemente pelas costas abaixo e, com um puxavão enérgico, tomando-a por entre as pernas, a pusera diante de si, sorridente e simples como um anjo. E enquanto latejavam-lhe as fontes e o coração precípite pulava, enfebrecido pelo desejo, ela, singelamente, com um beijo à flor dos dedos, agradecia com indiferença o calor dos gritos e das palmas.

Paulino não sabia o que pensar. Ao fim do espetáculo ficara ainda por um pouco à saída do circo, para ver de novo, sem plano algum, sem saber o que faria, mas levado, impelido por uma necessidade interior.

Era preciso vê-la de perto, se era como as outras, se era de fato uma criatura deste mundo. Desejaria falar-lhe, dizer-lhe qualquer coisa, beijá-la, tocá-la, pegar-lhe na carne moça e ver-lhe o gosto e a consistência. Mas hesitante, febril, enceguecido, esperava inutilmente. Não a vira sair. Talvez ficasse por lá. Talvez se perdesse na multidão...

Agora, no seu quarto, revolvendo-se no leito, a cabeça em fogo, insone, tudo aquilo lhe fervilhava ainda na mente. As horas passavam, o tic-tac do relógio soava com uma nitidez sarcástica na treva do velho casarão. Paulino sentia às vezes impulso de se levantar, agitado como estava, e andar, andar sem destino, sem saber para quê, ir talvez no circo, por absurda que fosse a ideia; para a rever de novo. Talvez houvesse algum jeito... O circo era de lona, os carros tinham frestas, devia haver algum meio. E a mesma imagem seminua, obcecante, tentadora, continuava sorridente a lhe incendiar a cabeça.

A noite seguia indiferente ao seu delírio. No relógio da matriz soaram três pancadas sonoras. Segundos após, na sala de jantar, o relógio caseiro, numa toada velhaca, repetiu as mesmas pancadas. Três horas!

Paulino fechou com força os olhos, para fugir à lembrança inapagável daquela tentação despudorada.

A bailarina, seminua, continuava a sorrir ao povo que a aplaudia como doido...

– Desavergonhada!

E atirou afogueado as cobertas para o pé da cama...

História de todos os dias

Ariovaldo Mendes curtira por ela, desde que a conhecera, uma fulminante e desesperada paixão. Anos correram, sofreu ele as mais radicais mudanças na vida, com desastres íntimos e mortes na família, mas o amor, apesar da indiferença com que era recebido, não se lhe extinguiu. Era uma verdadeira obsessão, constante, única, eterna. Muitas vezes lutou Ariovaldo Mendes contra si mesmo. Era preciso acabar. Seria uma tolice, uma loucura sem nome, entregar--se desvairadamente àquele amor inútil, que não seria jamais correspondido. Mas em vão raciocinava e se debatia. O amor era superior às suas forças. Tomara-o de improviso aos 15 anos e seguiria com ele vida em fora, sem lhe dar trégua nem descanso. Já datava de dez anos. Tinham sido dez anos de martírio. E o martírio – ele estava certo disso – o seguiria até à morte!

Maria Amália nunca lhe dera a entender nada, sabendo da paixão que o devorava. Tratava-o com simpatia, com uma simpatia feroz que o punha doido. Tratava-o como aos demais frequentadores da casa, sem diferença alguma. Era a amiguinha, a camaradinha, mas a mulher perfeitamente insensível, estranha ao seu amor.

Mais de uma ocasião Ariovaldo procurou abrir-se, dizer-lhe tudo, falar dos seus sofrimentos, do seu martírio, do seu amor. Mas no momento decisivo desfalecia-lhe o ânimo. Que lhe adiantava falar? Amontoaria apenas motivos novos para o seu ridículo, porque a sua inútil paixão era universalmente conhecida. Falar dela seria contar a mais velha e tola de todas as novidades. E seria melhor antes permanecer naquela meia incerteza que, quando nada, lhe dava lugar a uma fugitiva sombra de esperança.

Um dia, porém, ele se resolveu. Falaria! Viesse o que viesse, falaria, liquidaria tudo! Ou sim, ou não, mas terminante, final! Se fosse repelido, voltaria para o seu povoado longínquo do nordeste, onde acabaria em silêncio, aniquilado e fracassado, porque de nada lhe valia o seu talento, a sua cultura, o seu renome social, se lhe faltava tudo, aquele amor.

Havia um baile em casa de Maria Amália. Grande acontecimento social, muito decote e pouquíssimo cabelo. Ariovaldo lá foi. Estava decidido.

Como que providencialmente, encontrou-a no jardim, sozinha, a fugir da balbúrdia e do calor das danças, verdadeiro suplício naquela noite escaldante de dezembro carioca. Chegou-se e falou. Sem frases pontilhadas dos grandes adjetivos sentimentais, sem citações poéticas nem lirismo de algibeira, declarou-lhe francamente o seu amor, que ela não poderia ignorar, e pediu-lhe um sim ou não, mas definitivo e formal.

Maria Amália não se surpreendeu. Há muitos anos esperava aquele momento, que tanto e tão absurdamente demorara. Mas infelizmente ela não o amava. Muita amizade, muita simpatia, muito respeito, mas não havia amor.

Ariovaldo sorriu com tristeza e despediu-se. Bastava-lhe aquilo.

Seguiu a pé, acabrunhado, como um sonâmbulo, alheio e indiferente a tudo. Tinha impressão de que um vácuo infinito e insanável se formara na sua alma. Fracassara toda a sua vida. Desaparecera tudo. Ruíra tudo. Sonhos, ideais, aspirações, nada mais lhe restava. E absorto como estava, esmagado e vencido, ao atravessar uma rua, foi colhido pelo prosaísmo de um Ford em disparada.

Era um desfecho banal de "notícias de última hora". Gritos, tropelia, assistência, retratos nos jornais, visitas cerimoniosas de amigos compungidos.

Ao receber a nova, Maria Amália sentiu um profundo abalo e correu a vê-lo. Ele estava entre a vida e a morte, tal o choque recebido. Não a reconheceu quando, dizendo-se sua noiva, obteve dificilmente permissão para o cuidar. E tratou-o com desvelo apaixonado, passando insone dias e noites, como se daquilo dependesse a sua própria existência. Os médicos e parentes iam ao ponto de censurar aquela dedicação absurda, inexplicável, absoluta. Mas ela não se moveu de ao pé da cama senão quando o viu perfeitamente salvo.

Foram dias de angustiosa espera, até que o doente começou a voltar a si, como um ressuscitado. Ariovaldo mal tinha ideia do que se passara e só muito lentamente foi reconstituindo os acontecimentos anteriores. Via Maria Amália ao seu lado, com uma expressão amiga e uma grande alegria no olhar macerado, mas não soube precisar bem a sensação recebida. Voltava de um outro mundo. Parecia-lhe tudo novo.

Dias depois, ainda pálido, Ariovaldo Mendes bateu à porta do palacete de Maria Amália, num recanto delicioso de Copacabana. Maria Amália correu a recebê-lo com uma alegria que não podia dominar. Mas o semblante anuviou-se-lhe quando o viu, com a sua voz arrastada e triste, dar um tom cerimonioso à palestra. Vinha agradecer-lhe do fundo d'alma a dedicação, o desinteresse com que o tratara, com que se sacrificara quase pela sua vida. Ele não o merecia, não saberia nunca pagar-lhe a bondade com que o desvelara.

Maria Amália quis protestar, Ariovaldo interrompeu-a. Ninguém, mulher alguma faria o mesmo, ninguém!

Olharam-se ambos como se não se compreendessem. Houve uma ligeira pausa.

– E, por último, eu vinha me despedir...

– Vai viajar?

– Sigo amanhã para o Norte...

– Sim? Por muito tempo?

– Definitivamente. Já liquidei todos os meus negócios e nada mais me resta no Rio. Levo até nomeação para um lugarejo da Paraíba.

– Mas parte assim, sem me ter dito nada?

– E que poderia lhe dizer, senão vir trazer-lhe as minhas despedidas?

Maria Amália não respondeu. Tinha os olhos cheios d'água.

– Que tem, Maria Amália?

– Mas o nosso amor? Você não compreende quanto o amo, Ariovaldo?

Ariovaldo não podia mais compreender. Já era demasiado tarde. Muita gratidão, muita amizade, mas o amor morrera...

A voz do subúrbio

A nossa folha era, incontestavelmente, a mais divulgada pelas regiões de além-Méier. Tínhamos assinantes em grande número, anunciantes fixos, prontos no pagamento, e o folhetim, de Escrich ou Ponson du Terrail, que publicávamos, fazia as delícias das moçoilas românticas de Anchieta e Cascadura. Quando aos domingos ia povoar os jardins do Méier e de Madureira a plêiade de conquistadores suburbanos que para lá aflui da cidade, era fatal ouvir as mais cômicas reedições dos frasalhões plangentes do autor dos *Anjos da terra*.

Sinal de aceitação. Indício de público. E essa era a verdade: *A Voz do Subúrbio* dominava. Também, o jornal era cuidado a capricho. Éramos três indivíduos na redação, todos experimentados no jornalismo, afora o Tavares, chefe da revisão, e aliás único revisor, que nos prestava grande auxílio compondo com perícia notas de aniversário e "trespasses", que era uma das grandes palavras do seu vocabulário. Se o morto era um pé-rapado, a notícia era modesta: falecimento. Mas se era mulher, se indivíduo de certo destaque, lá vinha o grandioso "trespasse". E era de tanto efeito, era tão funda a repercussão e o interesse por aquele vocábulo, que uma vez nos trouxe um sério dissabor.

Falecera um rapazinho, estudante do Pedro II, orgulho dos velhos pais, proprietários de duas ou três casas em Anchieta. O Tavares fez inadvertidamente a nota sob o título de "falecimento". Qual, porém, não foi a nossa surpresa quando vimos no dia seguinte o jornal devolvido pelos progenitores do estudante, amarfanhado e úmido de lágrimas, com um bilhete à margem que era bem um documento da desesperação humana: "Um aluno do Pedro II, aprovado em todas as matérias com plenamente e distinção, não merecia alguma coisa mais que um simples "falecimento"? E foi uma campanha para acalmar os velhos, que ainda não haviam pago a assinatura. Foi, mesmo, necessário prometer uma nota de saudades no dia em que faria anos, se estivesse vivo, dois meses depois.

À parte esses pequenos nadas, tudo corria à maravilha, portas adentro da redação. Trabalhávamos com vontade, tínhamos verdadeiro amor ao ofício, e circundava-nos já uma certa auréola de glória. Constantemente transcrevíamos, com um pomposo *data venia*, de grande efeito, uma nota qualquer dos grandes órgãos do centro, *O Correio, O Jornal*, em que eles se referiam "aos nossos colegas d'*A Voz do Subúrbio*. Éramos chamados de colegas pelos maiores jornais da cidade, e isso calava fundamente na alma simples dos nossos leitores.

As referências na *Voz* eram disputadas. Todo o subúrbio, na véspera do aniversário, se apressava em no-lo comunicar. Alguns já traziam a notícia preparada, como fazem os homens ilustres para os grandes diários, e só nos cabia o papel de burilar um pouco. "Acaba de colher mais uma rosa no jardim de sua preciosa existência a senhorita Fulana de Tal, gentil filhinha do senhor Sicrano, conceituado negociante em Madureira..." Ou ainda: "Acha-se engalanada a residência de nosso distinto amigo sr. de Tal pela feliz passagem de mais um aniversário de sua galante filha, *mademoiselle* Fulaninha, cujos dotes de educação e cuja beleza moral lhe têm valido um largo círculo de admiradores sinceros. A sua encantadora residência será certamente pequena para conter o grande número de amiguinhas e admiradores que lhe irão levar as justas provas de sua estima e respeito."

Mas no subúrbio também há nascimentos e mortes, como em toda a parte. E para isso havia galantes chapas de infalível efeito. "Veio alegrar o lar dos senhores F. e F. o nascimento de mais um galante pequerrucho..." "Os nossos distintos amigos senhores F. e F. acabam de ser abençoados com o nascimento de mais um robusto pimpolho que saberá ser, estamos certos, a alegria de seus venturosos progenitores..." E as notícias sombrias, fúnebres: "A Parca cruel, na sua passagem cega pela terra..." "A morte acaba de ceifar, com o seu alfange inexorável..."

Isso era pura literatura. Mas havia por vezes uns longes de revolta que faziam época: "O desaparecimento dos velhos compreende-se, como lei fatal da vida. Mas o trespasse prematuro de almas ainda em flor, de vidas em botão, de seres que mal desabrocharam para a existência..." E notícias assim valiam-nos quase sempre o pagamento de uma assinatura em atraso ou a autorização para repetir um anúncio...

Um dia apareceu-nos um rapaz pálido, grandes olheiras, cabeleira ao velho estilo, as mangas rotas, o paletó lustroso, as botas a clamar miséria. Tinha o olhar inteligente, um belo olhar dominador que nos prendia. Queria um emprego no jornal. Estava sem recursos, não tinha família, e tinha vocação decidida para as letras. O Tavares, vendo-o, sorriu, do alto da sua autoridade de velho empregado da casa. Era lá possível? Se tivesse valor, já estaria consagrado. O rapazelho, pois tinha apenas 20 a 21 anos, para fazer valer a sua pretensão, recitou com ênfase, numa bela voz abaritonada, rica de inflexões e de vida, um ou dois sonetos.

– São seus? – perguntou o Motta Coelho, o nosso redator responsável.

– Fi-los hoje cedo.

– Não pode ser! – gritou o Tavares.

– Não pode ser?

– Isso é de um outro.

– De quem? – bradou o rapaz, possesso.

– De um outro... não me lembro quem...

O rapaz sorriu desdenhosamente.

Nós não tínhamos dúvida. Era ele o autor. Ele se impunha pela simples presença. E os sonetos eram, realmente, duas obras-primas.

Lutávamos naquela época com excesso de serviço. O Motta Coelho dizia a toda gente que estava acabrunhado pelo *surmenage*. E o poeta de longa cabeleira foi aceito.

Ele, verdade seja dita, valia mais que todos nós reunidos. Tinha uma pena de ouro. Em pouco, *A Voz do Subúrbio* lançava artigos que chegaram a ser transcritos em vários jornais do interior, com as mais elogiosas referências. Os sonetos eram repetidos estropiadamente por várias *girls* de Cascadura, de Bento Ribeiro e da Linha Auxiliar, onde era grande o número de assinantes. E o brilho do nosso antigo noticiário, com os seus grandes adjetivos tradicionais, com os seus "abastados negociantes", as suas "prendadas senhoritas", as suas "virtuosas esposas", os seus "galantes pequerruchos", foi perdendo a influência e o inconfundível renome de que gozava.

Para ser franco, nós sentíamos um inocultável despeito. Eu vivia quase a estourar de raiva. Não perdoávamos nada ao pobre rapaz, que tudo fazia por nos agradar. Como compunha com enorme facilidade, preparava em dez minutos o que exigia da nossa parte hora e meia de aturado labor. Terminava o trabalho, acendia um cigarro e punha-se a fumar com volúpia.

Começamos logo a acusá-lo de vadio: passava o tempo a fumar, não fazia nada... Bem sentíamos a nossa injustiça, mas era preciso atacá-lo de algum modo. Falávamos do seu desmazelo, do desasseio do seu traje, das suas botas cambaias.

– Paguem-me melhor.

– Quem sabe se você quer ganhar como o presidente da República? Tinha graça...

– Tinha graça! Ah! Ah! – estrebilhava o Tavares.

– Bastava que me pagassem o que vale o meu trabalho...

– Quanto vale? Alguns mil contos, com certeza... Ora não seja pretensioso.

– A pretensão é que mata – sublinhava Marques, habitualmente calado.

– Eu não sou pretensioso, mas aqui quem faz tudo sou eu...

– Quem faz tudo? Ah! Ah! Mas está aí de pernas e braços cruzados.

– Sem fazer nada...

– Sim, sem fazer nada, enquanto eu estou aqui gemendo como um idiota... Já é saber viver...

– Não tenho culpa de vocês precisarem de um século para escrever duas linhas...

Confesso que não respondi. Aparentei não ter ouvido e rematei o melhor que pude a notícia começada: "A conceituada firma Costa & Mendes, estabelecida num dos melhores pontos comerciais do Méier, acaba de nos distinguir com a gentileza de uma oferta que muito nos cativou. Trata-se de..."

Concluí a nota, cruzei as pernas, acendi um cigarro, por minha vez, e pus-me a tirar insolentes baforadas, fuzilando de raiva. Foi tal a campanha que lhe movemos, tão cerrada, tão feroz, que um belo dia Lúcio de Almeida, o nosso poeta, desapareceu, sem uma palavra. Nunca mais o vimos. Aliás, o ambiente tornara-se irrespirável. Tudo era motivo para aperreá-lo. Leváramos a nossa ousadia ao ponto de criticar-lhe impiedosamente os versos, nos quais não tínhamos por onde pegar. Mas era tão grande o nosso despeito... Lembro-me da carga cerrada que lhe fez o Tavares por causa de umas "sonoridades róseas" com que fechava um soneto. Ora que estupidez! Como se o som tivesse cor! De outra vez descobrimos-lhe um cacófaton, coisa de somenos. Mas foi o suficiente. Durante uma semana não se falou de outra coisa. Repetíamos com volúpia aquele ligeiro deslize, que existia mais na nossa imaginação do que na realidade. Passamos a chamá-lo de Camões.

– O Camões já chegou?

– Ó Camões, já fez a notícia sobre aquelas conservas?

Um dia Lúcio nos comunicou que havia escrito uma comédia. "Mas uma peça de arromba! Nada como as outras!" Explodimos unânimes numa gargalhada.

E desde então, de Camões, ele passou a Pirandello.

– Ó Pirandello, corrija esse anúncio sobre o bacalhau!

Mas depois do seu desaparecimento eu comecei a sentir remorsos. Eu fora o mais acerbo nas críticas, o mais mordaz, o mais cruel. Fora o principal causador da sua fuga. E certamente, da sua miséria. Sabia-o só, pobre e desconhecido. Sem um amigo, sem um parente. Quando entrara para *A Voz do Subúrbio* curtia já o terceiro dia de fome e de noitadas ao relento, à inspiração da lua. Crescera e fizera-se por si mesmo, valendo-se do seu talento inegável e de bibliotecas públicas. Lera de tudo, febrilmente, sem possuir um livro. Tinha de memória livros e conceitos, que acudiam à primeira necessidade, sem um caderno de notas. Ele tinha o seu valor, sem dúvida. E agora voltava para a fome, para os dias negros, para a miséria.

Essa ideia não me abandonava. Roído pelo remorso, eu via-o caído no Passeio Público, naquelas noites em que o frio começava a chegar, sem dinheiro para o café ou para o pão, via-o na caminhada sonolenta e interminável pelos bairros pobres, resmungando contra mim a sua justa maldição.

Esperei por alguns dias que ele voltasse. Mas passou uma semana, e nada! Na casa onde residia... nem notícia! Desaparecera também, deixando um pequeno débito. E se ele se tivesse matado? E se tivesse caído de fome pela rua? E se o colhesse um automóvel? Nesta última hipótese, a culpa não seria minha, mas, em qualquer caso, os jornais noticiariam, haveria rumor. O seu temperamento não o levaria a morrer obscuramente. Deixaria, certamente, em caso de suicídio, uma linda frase, uma objurgatória tremenda, uma acusação fulminante!

Quando subia à cidade, trazia sempre aquela preocupação: e se o visse? Cheguei a vir ao centro algumas noites, ao Passeio Público, ao Campo de Santana, corri os jardins dos subúrbios, a ver se acaso o encontrava.

O tempo foi correndo, a vida voltou à sua rotina habitual, as nossas notas já voltavam a interessar o público, à falta de coisa melhor, mas nunca mais me abandonou aquele pensamento:

– Pobre Lúcio! Pobre Lúcio!

E tudo por causa da minha inveja, da minha baixa inveja, do meu ridículo despeito! Se não fosse o meu espírito estreito, ele prosperaria, progrediria, talvez chegasse mesmo a secretário ou redator da *Voz do Subúrbio*. Sim, porque ele, sem dúvida, tinha algum merecimento. O Marques falava sempre em deixar o jornalismo. Se o fizesse, o que o impediria de tomar-lhe o lugar?

E eu lhe cortara a carreira!

Um ano depois, ainda uma ou outra vez me acudia à mente aquela recordação, pungia-me a lembrança do mal que praticara.

Conversávamos à tarde na redação. Estávamos todos reunidos. Somente o Tavares ficara um pouco afastado, a chupar um charuto infame de cem réis que empestava o ambiente.

– E o Lúcio – perguntou o Marques. – Vocês se lembram dele?

– Lembro-me, coitado... – comentou o Tavares, com a sua ponta de remorso.

– Afinal de contas, podia ter feito carreira conosco – monologuei tristemente.

– Pois vocês não podem imaginar onde ele foi acabar... Soube pelo Pontes...

– Onde foi acabar? – gritei eu de um salto. Na miséria?

– Coisa muito outra...

– Morreu?

– Hein? Se morreu?

– Matou-se, então... – concluí, muito pálido.

– Coisa que ninguém esperava... Está de carreira feita! Saiu daqui, foi para o *Correio*, trabalhou lá algum tempo, ganhando bem, e vai agora dirigir uma grande revista!

Fiquei apatetado. Tavares foi o primeiro a romper o silêncio.

– Um imbecil daqueles!

E só então eu pude dizer alguma coisa:

– São esses os que vencem...

Satanás e a
deslealdade humana

Foi à hora das ave-marias, à hora clássica da oração, inspiradora de músicas sentidas e muitas páginas balofas. Estava eu no meu modesto apartamento, um bom charuto à boca, pensando em não sei que, quando, apesar de ter as portas fechadas, ouço passos no quarto.

Volto-me. E que surpresa a minha quando defronto todo e inteiro, autêntico, legítimo, com Satanás. Era ele, e nem poderia ser outro.

Para entrar-me no quarto a portas fechadas, quase em pleno dia, somente por artes do demo. E de mais a mais a indumentária era a rigor: apresentava-se todo vermelho, de guisos chocalhantes, os chavelhos ao alto e uma sorridente barbicha à Pirandello.

– Alô, boy!

– Alô!

Permanecemos silenciosos um momento. Ele sorria sempre, sem ruído. Refeito da surpresa, porque não podia contar com Satanás à solta a uma hora daquelas, com o povo à rua e a polícia de costumes ainda de olho aberto, fiz menção de falar-lhe. Mas não sabia como começar. Dizer-lhe do meu espanto, seria vulgaríssimo. Pedir-lhe que não me fizesse mal, seria tolo. Nunca lhe fizera mal, fôramos sempre perfeitos camaradas, e ele devia-me até certa gratidão porque nunca fizera sermões contra o pecado, não aderira à falecida Liga pela Moralidade, nem dera bons conselhos a pessoa alguma durante toda a minha pacata existenciazinha de pacato funcionário público. Ele devia compreender perfeitamente que, se eu não prestara maior culto ao pecado, era precisamente por falta de recursos e por não querer perder o emprego. Com 800 mil réis por mês, temos que nos contentar com sofríveis pecadinhos. Ninguém pode se arvorar em conquistador de mulheres do próximo nem desencaminhador de donzelas, com um ordenado que mal lhe chega para a casa. Mas boa vontade não faltava. E, se como diz o Evangelho, criminoso não é apenas quem realiza, mas quem premedita, e tão pecador é quem peca como quem deseja pecar, o meu digno visitante não se poderia queixar de forma alguma. Eu fizera tudo o que estivera ao meu alcance.

Creio que Satanás, como potência espiritual que é, penetrou logo o meu pensamento. E parecia aprovar tudo, com o seu impressionante sorriso silencioso.

Afinal falou, tomando um ar desdenhoso, que me pareceu postiço e me fez pensar nas atitudes de certas alunas de cursos de declamação. Mas não importa o jeito. O fato é que ele falou, afinal.

– Vocês são uns grandissíssimos patifes!

– E essa! – exclamei eu boquiaberto. – Vocês, vírgula!

– Sim, vocês, os homens.

– Era só o que faltava, amigo Satanás – disse-lhe eu. – Em primeiro lugar, por os outros o serem não se conclui forçosamente que eu também o seja, e, de mais a mais, eu não sou responsável pela canalhice universal!

– Ora, não seja idiota, rapaz. Está você tomando ares de importância, como se eu tivesse deixado por instantes as caldeiras eternas, especialmente para me vir queixar a você. Não seja tolo!

Nem que você fosse o bispo... Com esse ordenadinho que tem e essa pobreza franciscana de ideias, com essa mofina inteligência, melhor faria até em se entregar à prática do bem.

– O quê?

– É isso mesmo. Não pense que vivo arregimentando pecadores. Peca quem quiser. Vai para o inferno quem quer. Mas eu ajudo os que se me dão de corpo e alma, os espíritos nobres, os homens de valor, os homens de inteligência. Você melhor faria entrando para a ordem do Carmo...

– Ora, seu Diabo, não avacalhe...

Houve novo silêncio. Aquele "não avacalhe" estava muito chinfrim e soara no recinto, honrado, afinal, com a presença do Príncipe das Trevas, como nota destoante que fazia lembrar os esquetes cômicos do Recreio e do Carlos Gomes.

– Menino – tornou ele, ao fim de alguns minutos, que foram excessivamente desagradáveis para mim – menino, não pense que vim à terra especialmente – e sublinhava as sílabas – para falar-lhe... Não, nem por sombras. Mas como passava por aqui, e tinha tido um grande desapontamento, entrei para desabafar...

– Obrigado. Mas houve alguma coisa aqui por perto?

– Uma mortezinha, no segundo andar...

– Hein? – disse eu, dando um salto. – A Mariana morreu?

– Desencarnou-se, como dizem os espíritas... – E soltou uma autêntica risadinha diabólica. – Morreu compungida, recebendo a extrema unção...

Deteve-se um pouco.

– E foi direitinha para o céu! Grandessíssima cadela!

– Não se fala assim de uma pessoa morta! – repliquei com energia.

Mas ele tornou a sorrir, com a sua mefistofélica ironia.

– Ora, cale-se! Você não sabe o que diz. Ouça e diga-me se não tenho razão. Essa Mariana, que acaba de entregar a alma a Deus – tornou a sorrir – foi posta num convento aos 15 anos. Estúpidas ideias religiosas dos pais, ou estranhas tendências místicas, levaram-na ao fim de algum tempo ao claustro. Mas a verdade é que lá ela se aborrecia soberanamente. Vivia enfastiada, enferma, desgostosa, apavorada pela ideia do Inferno, comendo mal, dormindo mal, forçada a repetir dia e noite umas orações cacetíssimas. Uma seca, afinal. Numa das minhas frequentes incursões pelos lugares sagrados, conheci-a. E tive pena. Ela, francamente, era um pedaço. Olhos, boca, seios, braços, tudo era do bom e do melhor. Doía-me ver tudo aquilo se esperdiçando num convento estúpido onde, nem de longe, chegavam as claras vozes do mal.

– Bonita frase – comentei com uma liberdade insólita. Ele não parecia dar importância.

– Apareci-lhe, vestido nos reverendos untos do senhor Bispo, um homem de grandes e afamadas virtudes, ornamento e coluna da igreja, verdadeiro vigário do Evangelho. Interessei-me por ela com uma paciência a que ficaria bem o qualificativo de evangélica. Ouvi-lhe lágrimas, aturei desaforos, rezas, credos, padre-nossos. Esconjurou-me várias vezes, atirou-me água benta, foi o diabo, como dizem vocês.

Debalde procurei mostrar-lhe, pelos lábios seráficos do bispo, que o mal era bem melhor do que parece, que um pecadinho discreto valia mais do que todas as macerações e cilícios. Mas o bispo era velho e, se convenceu a jovem noviça, não a persuadiu.

Servi-me de um padre moço, de vasta cabeleira, voz sonora, pálido e de longas olheiras inspiradas. Foi mais fácil a tarefa e, para usar outra expressão de vocês, cheia de verdade e de justiça, ela acabou por se convencer de que "o diabo não é tão feio como se pinta"... Pela instrumentalidade do jovem ministrante ela conheceu todas as delícias do pecado, os mais doidos, os mais desvairados prazeres! Nunca a doce prece fervorosa, nunca o cilício, jamais a confissão lhe haviam proporcionado tanto gozo. O Bem só a fizera sofrer. O mal que eu lhe insuflara era um paraíso de venturas. Converteu-se inteiramente. Em breve a doce Marianinha estava convicta de que não havia no convento lugar para o seu desejo nem para o seu filhinho. Fugiu. E a vida recebeu-a de braços abertos.

Para que o filho não lhe trouxesse impedimento, consenti que os anjos o levassem. E ela pôde então, livremente, gozar todas as venturas que estava nas minhas forças proporcionar-lhe. Todos os homens, todos os vinhos, todas as terras. Tudo ela teve aos pés. Foi possuída por duas gerações insaciáveis, por todas as raças, por todas as idades. Foi amada de todas as maneiras, conheceu todas as alegrias, todos os vícios, todas as abjeções. E ainda estava moça, relativamente. Aguentaria mais uma geração... Mas uma pneumonia fulminante, com que eu não contava, levou-a para a cama, após uma orgia que nenhuma pena ou pincel descreverá...

Mal adoeceu, e mal se ouviu o diagnóstico fatal, as companheiras – parece incrível, menino! – chamaram um padre. Quis interpor-me. Não foi possível. Veio o padre. Cruzes, bentinhos, exorcismos. Tive que sair. Restava-me uma esperança: ela não se renderia. Permaneceria fiel a mim, que tanto por ela havia feito. Não, ela não me negaria! Mas qual não foi a minha dor quando a vi arrepender-se, persignar-se, confessar-se, tomar a hóstia sagrada e preparar as asas para o grande voo!

Calou-se por um pouco. Levou as mãos aos quadris, em açucareiro, e exclamou com raiva:

– Ora! É de a gente perder a linha!

Não me pude conter. A indignação do Diabo parecia-me cômica. Dei uma gostosa gargalhada. Ele olhou-me, sério.

– Quando estiveres comigo no Inferno...

– Olha! Eu não gosto de brincadeiras...

– Sim, hás de ir por lá, nem que seja a passeio, como Dante. É divertido aquilo. Há camaradas que gritam noite e dia. Outros são resignados: ficam para um canto resmungando lá uma vez ou outra. Alguns sabem viver: passam a eternidade num eterno flerte, numa pândega interminável.

– Hein?

– É o que te digo. Tenho lá mulheres do arco da velha! Basta pensar em Messalina, em Cleópatra, em Lucrécia Bórgia... Lembra-te das grandes meretrizes da História... Estão todas lá, numa farra grossa, todas, grandes e pequenas... O Castello de Santo Ângelo, o Vaticano, a Cidade Nova: – tudo está lá bem representado... vai ver. Se não gostares, poderás voltar...

– Nessa não caio eu!

– Pois o Dante não voltou?

– É... mas aquilo era poesia...

– Bem, mas o que te dizia era outra coisa. Se lá fosses havias de ter um grande espanto. Muitos dos meus grandes amigos, os que me deram mais trabalho, os que me deviam as maiores obrigações, escaparam-me à última hora. A Lucrécia Bórgia e o pai, por um triz, não me iam para o Céu. Se não fosse a minha esperteza, teriam voado, como tantos outros papas e bandidos coroados, que à última hora me traíram. Tu bem o sabes, basta um arrependimentozinho à hora da morte, e quarenta, cinquenta anos de sacrifícios e trabalhos são injustamente sonegados! Uma récua!

Quis consolá-lo.

– Ora, meu velho, isso é da vida. E depois, você compreende, a gente se garante...

– E sempre foi assim! Você já leu o *Fausto*?

– Já, na tradução de Castilho.

– Muito livre... Enfim, é a mesma coisa. Pois olhe, aquela indecência do Fausto, enganando-me ao fim da vida, tem servido de modelo para muita gente...

Não me foi possível conter a admiração:

– Aquele Fausto era um bicho!

– Um crápula, é o que ele era! Um tratante! E ainda há quem perdoe um tipo desses, e depois vão dizer que sou eu que não presto...

O Diabo passou os olhos pelo quarto. Indício certo de que procurava assunto. De repente, deu com os olhos nas *Poesias*, de Bilac.

– Estava aí um sujeito direito, o Bilac. Você já leu o "Pecador impenitente"? E declamou com entusiasmo:

Este é o altivo pecador sereno
Que os soluços afoga na garganta...

– O quê! Não é que você, depois de velho, deu para declamar?! Francamente, é de mau gosto!

– Não há perigo. Não ia recitar. Mas esse soneto me agrada. É tão difícil encontrar pecadores como aquele, impenitentes, irremissíveis, que nunca se arrependem...

E suspirou com tristeza.

– O próprio Voltaire, quase me envergonhou no fim da vida! Mas é uma calúnia dos padres. Tenho-o lá comigo, a fazer pé de alferes à Ninon de Lenclos...

E, confidencialmente:

– O Voronoff tem nos prestado por lá um grande auxílio... Imagine que...

Mas, de súbito, o Diabo levou a mão à testa, como se lhe acudisse uma ideia inesperada:

– E eu que não tinha pensado nisto! Talvez a Mariana tenha ido para o Purgatório!

Coçou a barbicha, pensativo...

– Homem... se for assim, ainda há esperança!...

E desapareceu rapidamente, à francesa, sem se despedir...

Nota biográfica

Orígenes (Ebenezer Themudo) Lessa foi um trabalhador incansável. Publicou, nos seus 83 anos de vida, cerca de setenta livros, entre romances, contos, ensaios, infantojuvenis e outros gêneros. Como seu primeiro livro saiu quando ele contava a idade de 26 anos, significa que escreveu ininterruptamente por 57 anos e publicou, em média, mais de um livro por ano. Levando em conta que produziu também roteiros para cinema e televisão, textos teatrais, adaptações de clássicos, reportagens, textos de campanhas publicitárias, entrevistas e conferências, não foi apenas um escritor *full time*. Foi, possivelmente, o primeiro caso de profissional pleno das letras no Brasil, no sentido de ter sido um escritor e publicitário que viveu de sua arte num mercado editorial em formação, num país cuja indústria cultural engatinhava. Esse labor intenso se explica, em grande parte, pela formação familiar de Orígenes Lessa.

Nasceu em 1903, em Lençóis Paulista, filho de Henriqueta Pinheiro e de Vicente Themudo Lessa. O pai, pastor da Igreja Presbiteriana Independente, é um intelectual, autor de um livro tido como clássico sobre a colonização holandesa no Brasil e de uma biografia de Lutero, entre outras obras historiográficas. Alfabetiza o filho e o inicia em história, geografia e aritmética aos 5 anos de idade, já em São Luís (MA), para onde a família se muda em 1907. O pai acumula suas funções clericais com a de professor de grego no Liceu Maranhense. O menino, que o assistia na correção das provas, produz em 1911 o seu primeiro texto, *A bola*, de cinquenta palavras, em caracteres gregos. A família volta para São Paulo, capital, em 1912, sem a mãe, que falecera em 1910, perda que marcou a infância do escritor e constitui uma das passagens mais comoventes de *Rua do Sol*, romance-memória em que conta sua infância na rua onde a família morou em São Luís.

Sua formação em escola regular se dá de 1912 a 1914, como interno do Colégio Evangélico, e de 1914 a 1917, como aluno do Ginásio do Estado, quando estreia em jornais escolares (*O Estudante, A Lança* e *O Beija-Flor*) e interrompe os estudos por motivo de saúde. Passará, ainda, pelo Seminário Teológico da Igreja Presbiteriana Independente, em São Paulo, entre 1923 e 1924, abandonando o curso ao fim de uma crise religiosa.

Rompido com a família, se muda ainda em 1924 para o Rio de Janeiro, onde passa dificuldades, dorme na rua por algum tempo, e tenta sobreviver como pode. Matricula-se, em 1926, num Curso de Educação Física da Associação Cristã de Moços (ACM), tornando-se depois instrutor do curso. Publica nesse período seus primeiros artigos, n'*O Imparcial*, na seção Tribuna Social-Operária, dirigida pelo professor Joaquim Pimenta. Deixa a ACM em 1928, não antes de entrar para a Escola Dramática, dirigida por Coelho Neto. Quando este é aclamado Príncipe dos Escritores Brasileiros, cabe a Orígenes Lessa saudá-lo, em discurso, em nome dos colegas. A experiência como aluno da Escola Dramática vai influir grandemente na sua maneira de escrever valorizando as possibilidades do diálogo, tornando a narrativa extremamente cênica, de fácil adaptação para o palco, radionovela e cinema, o que ocorrerá com várias de suas obras.

Volta para São Paulo ainda em 1928, empregando-se como tradutor de inglês na Seção de Propaganda da General Motors. É o início de um trabalho que ele considerava razoavelmente bem pago e que vai acompanhá-lo por muitas décadas, em paralelo com a criação literária e a militância no rádio e na imprensa, que nunca abandonará. Em 1929 sai o seu primeiro livro, em que reuniu os contos escritos no Rio, *O escritor proibido*, recebido com louvor por críticos exigentes, como João Ribeiro, Sud Mennucci e Medeiros e Albuquerque, e que abre o caminho de quase seis decênios de labor incessante na literatura. Casa-se em 1931 com Elsie Lessa, sua prima, jornalista, mãe de um de seus filhos, o também jornalista Ivan Lessa. Separado da primeira mulher, perfilhou Rubens Viana Themudo Lessa, filho de uma companheira, Edith Viana.

Além de cronista de teatro no *Diário da Noite*, repórter e cronista da *Folha da Manhã* (1931) e da Rádio Sociedade Record (1932), tendo publicado outros três livros de contos e *O livro do vendedor* no período, ainda se engaja como voluntário na Revolução Constitucionalista de 1932. Preso e enviado para a Ilha Grande (RJ), escreve o livro-reportagem *Não há de ser nada*, sobre sua experiência de revolucionário, que publica no mesmo ano (1932) em que sai também o seu primeiro infantojuvenil, *Aventuras e desventuras de um cavalo de pau*. Ainda nesse ano se torna redator de publicidade da agência N. W. Ayer & Son, em São Paulo. Os originais de *Inocência, substantivo comum*, romance em que recordava sua infância no Maranhão, desaparecem nesse ano, e o livro será reescrito, quinze anos depois, após uma visita a São Luís, com o título do já referido *Rua do Sol*.

Entre 1933, quando sai *Ilha Grande*, sobre sua passagem pela prisão, e 1942, quando se muda para Nova York, indo trabalhar na Divisão de Rádio do Office of the Inter-American Affairs, publica mais cinco livros, funda uma revista, *Propaganda*, com um amigo, e um quinzenário de cultura, *Planalto*, em que colaboram Mário de Andrade, Sérgio Milliet, Tarsila do Amaral e Di Cavalcanti.

Antes de partir para Nova York, já iniciara suas viagens frequentes, tanto dentro do Brasil quanto ao exterior – à Argentina, em 1937, ao Uruguai e de novo à Argentina, em 1938. As viagens são um capítulo à parte em suas atividades. Não as empreende só por lazer e para conhecer lugares e pessoas, mas para alimentar a imaginação insaciável e escrever. A ação de um conto, o episódio de uma crônica podem situar-se nos lugares mais inesperados, do Caribe a uma cidade da Europa ou dos Estados Unidos por onde passou.

De volta de Nova York, em 1943, fixa residência no Rio de Janeiro, ingressando na J. Walter Thompson como redator. No ano seguinte é eleito para o Conselho da Associação Brasileira de Imprensa (ABI), onde permanece por mais de dez anos. Publica *OK, América*, reunião de entrevistas com personalidades, feitas como correspondente do Coordinator of Inter-American Affairs, entre as quais uma com Charles Chaplin. Seus livros são levados ao palco, à televisão, ao rádio e ao cinema, enquanto continua publicando romances, contos, séries de reportagens e produzindo peças para o Grande Teatro Tupi.

Em 1960, após a iniciativa de cidadãos de Lençóis Paulista para dotar a cidade de uma biblioteca, abraça entusiasticamente a causa, mobiliza amigos escritores e intelectuais, que doam acervos, e o projeto, modesto de início, toma proporções grandiosas. Naquele ano foi inaugurada a Biblioteca Municipal Orígenes Lessa, atualmente com cerca de 110 mil volumes, número fabuloso, e um caso, talvez único no país, de cidade com mais livro do que gente, visto que sua população é atualmente de pouco mais de 70 mil habitantes.

Em 1965, casa-se pela segunda vez. Maria Eduarda de Almeida Viana, portuguesa, 34 anos mais jovem do que ele, viera trabalhar no Brasil como recepcionista numa exposição de seu país nas comemorações do 4º Centenário do Rio, e ficará ao seu lado até o fim. Em 1968 publica *A noite sem homem* e *Nove mulheres*, que marcam uma inflexão em sua carreira. Depois desses dois livros, passa a se dedicar mais à literatura infantojuvenil, publicando seus mais celebrados títulos no gênero, como *Memórias de um cabo de vassoura*, *Confissões de um vira-lata*, *A escada de nuvens*, *Os homens de cavanhaque de fogo* e muitos outros, chegando a cerca de quarenta títulos, incluindo adaptações.

É nessa fase que as inquietações religiosas que marcaram sua juventude o compelem a escrever, depois de anos de maturação, *O Evangelho de Lázaro*, romance que ele dizia ser, talvez, o seu preferido entre os demais. Uma obra a respeito da ressurreição, dogma que o obcecava, não fosse ele um escritor que, como poucos no país, fez do mistério da morte um dos seus temas recorrentes. Tendo renunciado à carreira de pastor para abraçar a literatura, quase com um sentido de missão, foi eleito em 1981 para a Academia Brasileira de Letras. Dele o colega Lêdo Ivo disse que "era uma figura que irradiava bondade e dava a impressão de guardar a infância nos olhos claros". Morreu no Rio de Janeiro em 13 de julho de 1986, um dia após completar 83 anos.

Eliezer Moreira

Conheça outros livros de Orígenes Lessa publicados pela Global Editora:

A Arca de Noé
A Torre de Babel
A pedra no sapato do herói
Arca de Noé e outras histórias
As muralhas de Jericó
Balbino, homem do mar
Confissões de um vira-lata
É conversando que as coisas se entendem
João Simões continua
Melhores Contos Orígenes Lessa
Memórias de um cabo de vassoura
Memórias de um fusca
O edifício fantasma
O feijão e o sonho
O gigante Golias e o pequeno Davi
O índio cor-de-rosa
O menino e a sombra
O Rei, o Profeta e o Canário
O sonho de Prequeté
Omelete em Bombaim
Procura-se um rei
Rua do Sol
Sequestro em Parada de Lucas
Um rosto perdido

GRÁFICA PAYM
Tel. [11] 4392-3344
paym@graficapaym.com.br